アウト老のすすめ

みうらじゅん

文藝春秋

はじめに

タイトルにある「アウト老《ロー》」は、わりと最近考えついた造語。「アウトローをもじった単なる駄ジャレでしょ」と、言われてしまえばそれまでだけど、実は深い意味も込めたつもりなんだ。

若い頃からどうも世間で言う〝フツー〟というのが苦手だったもので、出来る限りフツーを避けるようにして生きてきた。そりゃ、僕の中にもフツーはたくさんあって、流行に飛び付いたり、フツーの考えを口に出したり、他人と比較して落ち込んだり、〝うらみ・ねたみ・そねみ〟の三姉妹もしっかり心に住み着いていた。

そんな自分が嫌で、将来、修行を積んで僧侶になろうかとも思ったが、そのストイックな考えもまた、フツーな気がして諦めた。〝諦める〟という言葉にはマイナスイメージがあるが、そもそもは仏教用語で「真実を明らかにする」って意味。

先ずは、「僕は何者なのか？」を知るところから始めなければならない。そして、「何者でもない」ことを知るべきなのだ。たまたまこの世に生を受けただけじゃん！　その通称〝たまたま〟が正体なのに、何を恐れ、悩むことがあるだろうか？

〝たまたま〟をいつも心に留めておくとフツーのこともフツーじゃないことも、面白かったらどちらでもいいって気になってくる。だって、それもたまたま出会ったものに過ぎないんだから。ここでひとつ重要なのは、面白くするのも、つまらなくするのも、自分次第であるってこと。結局、何者でもないのだが、ここのジャッジとプレイは委ねられる。もう、好き嫌いなんて言ってる場合じゃない。生き物には寿命があるからだ。ちょっとでも気になったら食らい付く。当然、そこには出費が不可欠。それが高ければ高いほど、大好きになって元を取りたい気持ちが生まれるから。

「何やってんの、バカじゃない?」

その周りを呆れさせるパワーは歳を取れば取るほど増してくる。僕の場合、もう語尾に〝バカじゃない?〟は付かない。だって、改めて言わなくてもそうに決まってるから。

よって、アウト老の辞書に終活という文字はない。あるのはくだらないとされる物を集め続ける〝集活〟のほうだ。

本書は『週刊文春』で連載中の「人生エロエロ」を加筆、修正したものであるが、大人げないのはキープオン。さらにループオン・ロケンロール! いよいよ僕も世間で言われるところの高齢者となったが、こちとらはみ出し老人。「いつも心に〝たまたま〟を」のアウト老。

読者の方々には、思う存分呆れてほしいと願っている。ヨ・ロ・シ・ク!

もくじ

ありがたき無怒菩薩

夏が過ぎても蟬が鳴き止まない。

それによって秋の虫の音は搔き消され、とうとう冬を迎えてしまった。

今も〝ミ——ン〟と、一定数の蟬を耳の中で飼ってる状態なのである。

人に言わすとそれは耳鳴りってやつで、一度医者に相談したほうがいいとアドバイスを貰った。

聴力検査を受けた後、「どんな音が鳴っていますか?」と、聞かれたもので「蟬ですね」と答えると、さらに「どんな蟬ですかね」ときた。

そこまで考えたことはなかったので「アブラゼミじゃなく、もう少し静かなやつですね」と、適当に返した。

すると医者は半笑いで「それは老化による耳鳴りで、病気じゃありません」と、言った。

何だ、老いるショックかよと、少し安心したけど、耳蟬の種類は分からず仕舞。

とても気になったので後日『日本産セミ科図鑑』というハードカバーの高価な本を購入した。それには65ものトラックの鳴き声が収録されたＣＤが付いていたからである。

録音場所によって違いがあるというが本当だろうか？　素人には一度聞いたくらいではその差がさっぱり分からなかったが、耳蟬に近い音色は大体、ニイニイゼミのものと判定。

まぁいい、これで年中、夏休み気分でいられると一応、納得したが最大の問題は人の声の聞き辛さである。

かつてはよく、つき合ってる彼女から「ねぇ、私の話、聞いてる⁉」と、不機嫌な顔で言われたものだ。確かに聞いていなかったこともあるし、特に都合の悪い話が出た時はわざと耳を遮断していた。

しかし、今回のそれは耳蟬による難聴。後ろメタファーがない分、イライラすることもある。

老人が怒りっぽくなる原因のひとつなのかもなと思った。

でも、それだけはどうにか避けたい。何かいい対策はないものか？

そうだ！　何があっても怒らない人を一人、僕は知ってるじゃないか！　今更だけど、あの人を見習うんだ！　と強く思ったのだった。

あの人とは、ＮＨＫ・Ｅテレでやってるアニメ『おさるのジョージ』に出てくる、通称〝黄色い帽子のおじさん〟。

ちなみに帽子だけじゃなく全身、ダンディ坂野さんよろしく真っ黄色なんだけど。ジョージがどんな騒動を起こしても、ちっともおじさんは怒らないし「それは勉強になったね」と、褒

めたりもする。最初はそのファッションや発言からDS（どーかしてる）と思ってたけど、ようやく違うということに気付いた。

要するに、黄色とは金色なり。悟りを開きし者のみが光り輝くという仏教的発想。

実は黄色い帽子のおじさんはお釈迦様や弘法大師レベルの覚者だったんだと、僕は思い込むことにしたのであった。

当然、そうなるとその無怒菩薩グッズが欲しくなった。ネットで調べると数種出てたが、ここは出家だ。いや家を出てショップに買いに行くのが修行と、都内の何店舗か巡ったがジョージはあっても黄色い帽子のおじさんはなくて、ようやく錦糸町パルコで見つけた。しかも売っていたのはこの一尊のみだった。

だから、今はイライラし出したらこれに向かって拝むことにしてるのだ。

じょうもうくんの奇跡

僕が美大を卒業して間もない頃の話である。

住んでたボロアパートに一本の電話がかかってきた。先方は開口一番、

「みうらさんご本人でしょうか？」

と、訛りのある低い男の声で聞いてきたので、

「はい」と、答えると、「あぁ、それは良かった。わたくしはじょうもう新聞の者でしてね」

と、言った。

〝じょうもう？〟

その初めて聞く新聞名に少し、戸惑ったが、何かしら仕事の依頼ではないかと続く言葉を待った。すると、「つきましてはみうら先生にですねぇー」と、突然、僕を持ち上げて、「四コマ漫画をお描き願えないものかと思いましてね」

と、言うではないか。

〝え!?〟

「それは毎日ですか？」

と、思わず聞き返したのは、いわゆる『サザエさん』や『フクちゃん』みたいな新聞四コマ漫画を想像したからである。

「そりゃ、新聞ですから毎日です」と、当たり前のように返すではないか。

何も貧困生活を送っていたわけじゃないが、その依頼に少し、ほくそ笑んだのは、たとえその四コマ漫画の単価が安かろうとも大体、月25本分くらいの原稿料は入る――。

そんな時の頭の回転だけはすこぶる良かった。

「や、やらせて下さい！」と、今度は僕のほうから願い出る形となった。

「そりゃ良かった。じゃ、つきましては、じょうもうくんのキャラだけでも先に送っては貰えませんでしょうか」

またも戸惑ったのは、じょうもうも分からぬ上のじょうもうくんにである。でもここで躊躇してるようでは、「もういいです。他の先生を当たりますから」と、言われかねない。

「承知しました！」と、僕は努めて明るく返事した。

「じゃ、よろしくお願いします」

先方はそれで安心したのか、送り先も言わず電話を切った。

ま、いずれかかってくるだろう。それまでに、どうにかキャラを考えておかなければ。

僕は先ず、じょうもうの意味を知るべく辞書を引いた。

何々……群馬県は古代より「上毛《じょうもう》」と呼ばれていた可能性が高いって。さてはその新聞社は群馬にあるのかも。しかし、何の縁もない僕にどうして？

そんなことを思っていたら、案の定、また電話がかかってきた。だけど、今度は訛りなしで、「糸井だけど、さっきはみうら、すっかり騙されたろう」と、笑いながら言った。糸井重里さんには美大生の時代から随分、お世話になっていたし、今でも勝手に心の上司だと思ってる。

「もう、真に受けましたよ」と、言って僕も笑った。

それが40年ほど前の出来事――。

つい先日、糸井さんの故郷、群馬県でのトークショーに呼んで頂いた。

当然、あのなつかし話になって、

「みうら、じょうもうくんを本当に描いてみない？」

それが奇跡のきっかけとなり、何と、あのときの嘘が現実となったのである。

（写真は、「上毛新聞」２０２２年11月12日付朝刊の紙面）

君の名は……

ねぇ、想像してみてよ。もし、あなたが少女でさ、親の仕事の都合で見知らぬ国に移住しなきゃなんなくなったとしたら。もちろん言葉も分からない。そんな中での転校よ。

初登校の日は緊張で身体もガチガチ。先生に連れられ教室に入ると、

「えー、このたび、ヨーロッパのほうから日本の学校にやって来たベロニカさんだ。みんな、仲良くしてあげて下さい」

先生はそう紹介して、黒板にチョークで〝ベロニカ〟と、大きく書いた。

文字は読めないが、たぶん私の名前。実は、それにはこんな由来があるの。

〝重い十字架を背負って刑場に向かうキリストの顔の汗を拭いてあげた女性のハンカチに、キリストの顔が浮かび上がるという奇跡が起きた。その女性の名がベロニカ〟

でね、私の咲かす美しい花の中にもキリストらしい人の顔が浮かび上がることから、この名が付けられたってわけ。イギリスでは、高価な宝石を思わせる「キャッツ・アイ」と、その美しさを讃えて呼ばれているほどよ。ま、そんな説明うまく話せるわけもなく、私は、「ドゾ、ヨロチク」とだけ言って、頭を下げた。

すると、教室の後ろのほうが騒《ざわ》ついた。どこにでもいるワルガキ連中が声高に何やら話しているのよ。

「何かに似てへんけ？　あの実の形」

それは私の花の実を指してのことだった。

「イヌノフグリじゃ！　よう似とる」

「しかもイヌノフグリよりも花が大きい。ここはオオイヌノフグリと呼ぼう」

そう言い合っては大笑いした。

先生が「おいおい！　お前ら。何てこと言うんだ。廊下に立ってろ！」と、叱ったが、それが日本での私のアダ名となってしまった。

「ねぇ、イヌノフグリってどういう意味なの？」

家に帰ってママに聞いたけど「今、ちょっと忙しいから」と、何だか質問を避けるようにその場から立ち去った。

それからしばらくして、ようやく少し、学校にも慣れてきた。そんなある日のこと。

「オオフグちゃん、いっしょに帰ろうよ」

と、隣の席の男子が言ってきた（ちなみにその頃、私のアダ名は約《つづ》められてた）。

帰り道、まだ分からない会話もあったけど「君の花、とってもキレイだね」と、言ってくれたのがとても嬉しくて、私は聞いてみたの「ねぇ、イヌノフグリってなぁーに？」って。

すると、彼は少し困ったような顔をして、「イヌはドッグのことだよ」と、言った。

「じゃ、フグリは？」

「急所と言うのかなぁー、オスの。マジ、ここをぶつけると死ぬほど痛いんだ」

そう言って、彼は自らの股間を押さえ笑った。

私もそんな彼の姿を見て笑ったけど、それで全てを容認したわけじゃない。

要するに、私の実がその犬のふぐり、いや、もうハッキリ言うわ。犬のキンタマに似てるってことなんでしょ！　失礼だわ。
それに日本古来のイヌノフグリは現在、絶滅危惧種っていうじゃない。
それじゃこの先、私がキンタマの汚名を一手に担うってこと？　もう、許せない。いつか必ず、ルッキズムで訴えてやるから！

ピーポくんの〝ピー〟

先日、ピーポくん誕生35周年の催事をポリスミュージアム（京橋の警察博物館）まで見に行った。日曜日だったので子連れの客ばかりで、僕はともすれば不審者のように映っていたかもしれないが、でもそれは、大きな間違いだ。僕こそがこのお誕生日イベントに最も相応《ふさわ》しい客だからである。ねぇ、そうは思わないかい？　ピーポくん。

会場には着ぐるみのピーポくんが一体、展示してあって、そのまわりにはピーポくん誕生のいきさつが載った記事や後に登場したピーポくんファミリー〝おじいさん、おばあさん、おとうさん、おかあさん、いもうと（ピー子）、おとうと（ピー太）〟のイラストが壁に貼られ、BGMで『ピーポくんのうた』（作詞・作曲：清水道代）が流れてた。

〝ピーポ　ピーポ　ピーポくん　警察官だよ♫〟

これじゃ間違えられても仕方ないよ。

「何がよ？　じゅん」

だって、ピーポくん。これじゃパトカーのサイレンの音が君の名前の由来みたいじゃん。違うでしょ？　本当は。

「ま、そう取られてもいいように考えたんだろうけど本当は、ピープル（人々）と、ポリス（警察）の架け橋にと付けられた名前なんだよね」

でしょ。でも、それ、35年も経ったけどまだ、知らない人、多いんだよね。

「どうしてそんなこと、じゅんに分かるのよ？」

だって、君が誕生した１９８７年。その年にだよ、僕のマイブームはピーポくん、君だったんだから。そりゃー、何でも知ってるさ。

「よく言うわ。どれだけ知ってんのよ、じゅん」

今までどれだけ君の広報活動してきたかってことさ。

「私から言わすと警視庁の許可なくね」

おいおい、ブッソーなこと言わんでくれよ。そりゃ、勝手にだけど君の面白さは伝えたいじゃない？

「面白さって何よ⁉　私のこと、ゆるキャラ呼ばわりして！」

ち、ちょっと待ってよピーポくん。それは誤解だよ。だって、初めて君を発見した時はまだ、〝ゆるキャラ〟って概念は思い付いてなかったんだから。

「じゃ、何が面白かったのよ。言ってみなさい！」

おいおい、その問い詰め口調やめてくんないかなぁ。まるで僕が犯罪者みたいじゃないかよ。

「歌にもあったでしょ、じゅん。私、これでも警察官なんだからね」

あ、自ら言ったね。これでもって。そこが面白いとこだよ。単なる黄色いネズミじゃなくて。

「何言ってんの⁉　ネズミじゃないわよ。しかも黄色じゃなくオレンジ色だし」

じゃ、その大きな耳は？

「決まってんじゃないの。都民の声を幅広く聞くためよ。先に言っとくけどこの頭にあるのはアンテナ。社会全体の動きを素早くキャッチするためよ、じゅん」

知ってるよ、当然そんなこと。それよりさ、やけに親しく僕のこと名前で呼ぶじゃない？　君は年下なんだから、そこは「みうらさん」じゃないのかねぇー。

「ピーポくんもそうだし、じゅんがゆるキャラと言い出した鳥取県のトリピーも、私のデザインだからね！」

そうだった。それ知った時は本当驚いたよ。だって、デザイナーの彼女は、僕の通ってた美大の元クラスメイトだったんだものな。ごめんね、そして、改めて35周年おめでとう！

突撃！　キンツーバ

猫も杓子《しゃくし》もユーチューバーな時代。この度、何と男性の持ち物である金玉までがYouTubeを始められたということで早速、取材に来ております！　ここがその現場……お馴染みですよね？　この外観。たぶん、映像にはモザイクがかかっていると思いますが、あくまでテレビ局の配慮ですから。こんなことを言っては何ですが、かなり老朽化していますねぇ。さぞかし高齢な方の持ち物かと思われます。おじゃまします！　初めて中に入りましたが工場っぽい作りになってるんですね。あ、どうも。ここの工員さんですか？

「あ、はい。そうです」

今は休憩時間ですか？

「いや、金玉工場は通常、24時間フル稼働なんですが、このところうちはとんと射精要請がなくて。工員一同、暇を持て余してるといった具合で。へへ」

すいません。聞いちゃいけないこと聞いたみたいで……ところでここの工場長さんがYouTubeを始められたそうですね。

「あ、はい。まだ、登録者数は僅《わず》かなんですが、とてもおやっさんは頑張っておられます」

工場長のことをおやっさんとお呼びなんですね。

「あ、はい。とても仕事には厳しい方ですが、親しみを込めてそう呼んでます」

言わば匠ですものね。

「ですね。おやっさんがおられなければ、少子化問題に歯止めが利かなくなりますから」

何だか深イイ話をお聞きしたところで、そのおやっさんは今、どこに？

「ご案内します」

ここが工場長室ですか。どうも初めまして新人アナの斎藤と申します。

「あ、どうもキンキンでーす！」

って、工場長であられますよね？　驚きました。私、先ほどとても厳しいお方とお聞きしましたもので。

「いやぁ、ふだんはこうじゃないですよ（笑）。キンツーバの時だけですから」

キンツバって、和菓子のあれですか？

「違うよ君。番組のタイトル『キンキンもユーツーバー』を約めてキンツーバ」

すいません勉強不足で。そうなんです。工場長はYouTubeの中でキンキンと名乗っておられるんです。

「だから、ツーバね」

いや、チューバーですけど。ま、そんなことはさておき、どうです？　始められて。

「というか、工員たちの勧めで渋々やっとる。ボケ防止にでもと思ったんだろ。わしは未だそのシステムすら分からん。ま、射精のシステムには精通しとるがな」

射精と精通、ウマイ！　山田君、座布団一枚っ！

「何を言っとるんだ君は」

すいません。調子に乗っちゃいました。ところで私、番組内のコーナー『キンキンの明るい金玉相談』のファンでして。

「見てくれているの？」

登録はまだなんですが。いや、何というかキンキンの回答が面白くて。

「面白いこと言ってる気はないよ。ただね、愛《こころ》と性《からだ》のバランスがうまくいかない世の中じゃ工場も潰れてしまうってことさ」

今度は工場長から深イイ話頂戴しましたっ！

「いや、こっちからしたら愛抜きでもバンバン、行為はしてほしいんだけどな」

……どうもありがとうございました。スタジオさん、以上です！

二股報道

冬場はダイコンの出荷時期。

テレビのニュース番組でも取り上げられることがあるが、僕が見た現場からの中継はそれだけでは済まなかった。

「ただ今、出荷に大忙しです！」と、元気良く声を上げる地方の女子アナ。しばらく中継を続けたが、少し時間に余裕があるとみえ、「こんな珍しい形をしたダイコンもあるんですよ」と、言って手にした二股ダイコン。それが、大写しになったのである。

「それは出荷しないものですけどね」

予《あら》め《かじ》、テレビ局側が用意したものなのか、彼女の横に立つ関係者はその〝珍しい形〟については触れなかった。

それに大きく反応したのは、スタジオにいる男性アナ。

「いやぁ、本当、珍しい形をしてますねぇー！」と、興奮気味に相槌を打ち、言わなきゃいいのに、「とてもセクシーですよ、その形！」と、続けた。

確かに、その形状はセクシーな美脚を連想させた。

でも、時間帯が悪い。家族団欒の夕飯時のあくまでニュース番組。しかし、まだ、いい足りない様子の男性アナ。

セクシーでもギリなのに、なまめかシー、いやらシーなどさらに表現を強めたならば、視聴者からのクレームは免れない。

何も二股ダイコンに罪があるわけじゃない。自然の成りゆきで二股に分かれているだけだ。その形にやたら反応し、何なら劣情も辞さないこちら側が悪いのだ。

彼女は少し慌てた様子で、

「こちらからは以上です」

と、言って早々に中継を終えた。

そんなテレビを見て以来、僕は、やたら二股ダイコンに興味を抱くようになった——。

山形県鶴岡市では、毎年12月9日に『大黒様のお歳夜《としや》』の儀式を行う。

それは、大黒様が妻を迎える夜だからだ。

大黒天はそもそも破壊神。仏教に取り込まれ、子孫繁栄や豊作などを願う天部の仏となったのである。それにちなんでお供えものは、たくさん卵を抱えたハタハタと二股ダイコン。

二股ダイコンは、煩悩である性のパワーを浄化し、善に導くシンボルなのかも知れない。

聖天様（歓喜《かんぎ》自在天）の場合は、二本の二股ダイコンがクロスした形で表わされる。

クロス、すなわちそれは、まぐわいの意味であろう。
お寺にはその図が描かれたお守りが売られている。
生の二股ダイコンは、もし手に入ったとしても、保存が利かない。
そこはグッズ集めだと、僕の収集癖も騒ぎ出した。
通販サイトで捜してみたところ、何点かヒットした。

二股ダイコンの形の箸置き、大黒天が二股ダイコンを抱えてる絵、何と、二股ダイコン抱き枕まであるではないか！

これは、本気の二股ダイコンブームが来てんじゃないか？

上の写真を見てほしい。

ある街の雑貨屋で見つけ即買いしたものだが、家に帰りよくよく見たら、ボディはオレンジ色。

二股界にはニンジンもいるようで、僕は、少し気が遠くなった。

君のホクロを数えましょう

〝外は雪　僕は部屋の中で　君の背中にある　ホクロの数を　数えて僕は　抱きしめる
ここは米子の宿♫〟

この歌詞は「勝手に観光協会」（みうらじゅん＆安齋肇によるユニット）が発表した鳥取県の勝手なご当地ソング『カニカニラブブラブ』の一節である。

タイトルが示すように、この場合の〝君〟とは鳥取のズワイガニのこと。よって〝君の背中〟はカニの甲羅の比喩。

賢明な読者ならお気付きであろうが、〝ホクロ〟はそのカニの甲羅に付着している黒い粒。〝カニビル〟という生物の卵のことを言いたいわけだ。

そのタランティーノ監督作『キル・ビル』に似た響きに少し、気持ちはダウンしがちだが、カニ好きにとってそれは、美味《おい》しさを計る基準でもある（らしい）。

何はともあれ、カニは本場で食したいというのが誰しもの願い。

この歌は実際、米子の宿で作り、ギターを弾いて旅館録音（通称・リョカ録）を行った。アップルミュージックなどサブスクでも聞くことが出来るので是非。

僕はこれより以前に一度、彼女を誘ってカニを食べに鳥取へ行ったことがあった。その時の思い出も当然、この歌詞に影響を与えていることは間違いない。

何せ出費は僕持ち。カニは高値なので、宿をケチってしまったのだ。

「えー、ここなの!?」

と、着くなり彼女は不満を漏らした。それも仕方ない。しっぽり旅を期待していたはずが、そこは民宿だったから。しかし、夕食の席で並んだカニを見て、

「うわぁー、美味しそう!」と、機嫌は上々となった。

しかし、それも束の間だった。襖が開いて見知らぬ浴衣姿の老人が現れたのだ。

初めは宿の方なんだろうと思い、「本当、美味しいですね」などと、ドギマギしながらカニを褒めたが何の反応もない。

ただ呆然とその場に立ち尽くしておられるだけで、僕らは気まずい雰囲気の中、黙々と箸を進めるしか手立てはなかった。

しばらくして顔見知りの宿のおばさんが入ってこられ、

「もう、おじいちゃん、ウロウロしちゃダメだって言ってるでしょ!」

と、その老人を叱り付けた。

宿の方に間違いなかったが、どうやらおボケになっておられるらしい。

「すいませんねぇー」と、おばさんが言って老人を連れ戻した。

それからも彼女は、「あの人、また来ると思う」と、言って怖がった。布団を敷き、「もう、いくら何でも寝てるって」と、僕が言っても消灯することを拒んだ。民宿なので部屋に鍵がかからないのも不安材料だ。ましてやエッチの最中に来られちゃ僕だって悲鳴を上げかねない。

仕方なく、電気をつけたまま床に入ったが、その時、彼女は僕の背中をまじまじ見て、

「ねぇ、数え切れないくらいホクロがあるわよ」

と、言って笑った。

たぶんそれ、ホクロじゃなくあの老人の顔にも多数あったシミかも……。

僕らは老人の再登場に恐れを抱き、なかなか寝つけなかった。

「おかず」

軽快なＢＧＭに乗って、舞台に漫才師二人が登場。

「どうもー、よろしくお願いしますぅー」

客席から拍手が起こる。

「ところで君、最近のおかずは何《な》ぁーに？」

「って、出てくるなり何を聞いてくるねんな」

「コンビやさかい、そこは知りたいところやろ」

「コンビ関係あるんかいな。そうやなぁ、最近と言われてもなぁー。昨日の夜はハンバーグやったけど」

「君はハンバーグをおかずにヌイてんのかい！」

「抜いたって何やねん？」

「違う違う、僕が言うてるおかずとは、最近、お世話になっとるエロネタのことやんか」

「そっちのおかず？　何でそんな恥ずいこと公表せなあかんのや」

客席、少し騒つく。

「君がどうしてもハンバーグや言うなら百歩譲ってもええけどな」

「譲らんでもええわ！」

「じゃ、僕が先に言うな。最近のおかずは××××なんやわ」

「って、言うんか！　信じられへんわ。それに正統派アイドルをおかずにしたらアカンやろ」

「何でやねんな、妄想では自由やろが」

「いや、そこは言わせて貰うわ。××××を金輪際、おかずとして使用することを禁ず！」

「って、お前、お代官か」

「いやいや正統派アイドルの仕事におかずは含まれてへんということやがな」

「そんなん知らんわ」

「よう考えてみ、昼ごはんと夜ごはん、連日同じメニューなんておかしいやろ？」

「構へんやないか」

「せめて昼のごはんだけは、そっとしておいてくれよ、頼む！」

「何でお前から頼まれなアカンのや！」

「この世にはな、昼のアイドルと夜のアイドルが存在するってことや。そのくらいの節操は持っててええのと違うかなと思うわけで」

客席、静かになる。

「それにな」

「まだ、あるんかいなお前の説教」

「昼のアイドルは同時に二人は存在することは出来ひんねん」

「ちょ待って！　僕が言うてるのは妄想の世界やで。それは有名なキャラクターの着ぐるみの設定やろ」

「たとえ妄想であってもおかず共有は許されへんのや」

「って、大丈夫、お前。全国にはどえらい数のおかず共有者がいるんやでぇー」

「そんなこと知ったもんか！　ならぬならぬ！　×××を今後おかずにしよう者は市中引き回しの上、打首獄門！」

　客席、静まり返る。

「って、どえらいこと言うけど、さてはお前も×××のお世話になっとるな？」

「バレちゃ仕方あるめい！」

「って、何、歌舞伎みたいに啖呵《たんか》を切っとんねん。でも、お前、さっきエラソーに言うたやん。昼のごはんはそっとしとけって」

「言いました。だから、こちとら昼じゃなく、いつも朝ごはんはヌイております」

「もうええわ！」

まばらな拍手が起こり、一旦、漫才師がはける。

審査発表。

審査員のひとりから、

「何で最後に下ネタ、ぶつけてきたん?」

と質問。

再登場した彼らは、

「いや、ネタ違《ち》ごておかずですから」

と、受け狙いで返したが敗退は元より、出禁も確実だった。

悶々VSスポーツ

勃起の〝勃〟とは、急に起こるさまを言うらしい。

特に高校時代、何もいやらしいことを考えていなくても、それは突然、ムクムクと隆起し学生ズボンにテントを張らせた。急場しのぎに数学の公式など思い浮かべ気を散らそうとするが、学問など歯が立つはずもなく、自然と収まるまで待つしか術はなかった。

困ったことにそれは場をわきまえない。通学電車の中では他の乗客に見つかる恐れがある。仕方なくポケットに片手を突っ込み隆起を押さえつつ、少し腰を屈《かが》めた姿勢で降車口付近まで移動したものだ。

ある日、学校の廊下で体育教師に呼び止められ「なぁ、お前、毎日、悶々としとるんやろ？スポーツで解消出来るぞ、野球部に入らんか？」と、まるで見透かしたようなことを言われドキッとした。

そもそも体育の授業も苦手だったし、ましてやそのイカつい顔の体育教師が顧問を務めてる野球部なんかに入る気などさらさらない。丁重にお断りした。

しかし、本当にスポーツで悶々は解消出来るのか？

クラスメイトのムッツリーニがその後、野球部に入ったと知り、益々、気になった。ちなみにムッツリーニとは、むっつりスケベが転じて付けられたアダ名である。ふだんは寡黙を装っているが、僕ら仲間内ではエロに関しての知識で彼に敵うものはなかった。

そんなムッツが体育教師の同じ勧誘の手口に引っかかったとなると、僕同様、困った現場での勃起に悩んでいたのであろう。

話を聞いたところ「俺のポジションは外野やさかい、あんまり球は飛んでけーへんから暇やねん」

と、ボケたことを言った。

「そんなこと聞いてへんわ！　ちょっとは悶々とした気持ちは解消出来たんかってことやがな」

ムッツはその時、

「いや、あれ、嘘やで」

と、言って笑ったが、どうやら野球が向いてたみたいで、その後、レギュラーに昇格し、何と、野球部は翌年の地区予選に勝ち残り、甲子園までコマを進めることになった。

試合当日、僕ら文化系生徒も現場に駆け付けたが、うちの男子高校側スタンドには応援しに来た地元の女子高生の姿も見受けられた。それがちょうど僕らの席の後ろだったもんで、やたら意識をした。

誰かが持ち込んだラジオから実況中継が流れてる。

それを耳にしながら観戦していたのだが、何回目かの我が校の守りの時、ムッツがボールを捕り損ね「おっと、ボールが外野手に当たりましたか。倒れ込んでいます」と、アナウンサー。「ワンバウンドした球がおなかにでも当たったんでしょう」と、解説者がフォローしたが、どう見ても苦しそうに押さえているのはおなかじゃない。

その時、後ろにいる女子のひとりが「アソコに当たったんやて」と、ズバリ言い当てたもんで僕らは顔を見合わせ苦笑いした。

「おなかや言わはったやん？」と、別の女子が返すと「絶対、アソコやて！　めっちゃ苦しんだはるやんか」と、力説したが、何で男の痛みが分かるねん？

しばらくしてムッツはヨロヨロと立ち上がり再開となったが、僕はより最悪なケースを考えていた。

〝ムッツのユニフォームにテントは張られてなかったか？〟

そのせいではないだろうが、試合には負けた。

エロ神の責任

先日、タレントの松本明子さんから「いつもすみませんねぇ」と、前置きがあり、雑誌がパンパンに詰まった紙袋を差し出された。

それに対し僕が「まだあったんですか？」と、聞くと明子さんは、大きく目を見開き「はい。本棚の裏に隠していたものが最近、見つかりましてね」とおっしゃる。

「本棚の裏って、まるで中学生並みの隠し方じゃないですか⁉」

と、半笑いで返したのだがそれに対するコメントはなかった。明子さんはこれを僕が今、ここで引き取るかどうかだけを知りたがっていたからである。

古本屋みたく査定する気などないが一応、紙袋から一冊つまみ上げてみたら、『漫画ピンクタイム』という古いエロ漫画雑誌。ランジェリー姿の表紙イラストが〝ねぇ、みうらさん、引き取ってぇ♥〟とばかり微笑みかけている。

「どうやらお父さんは特に、エロ漫画がお好きだったようですね」

と、ここでまた、僕がいらぬことを言ってしまったのには理由《わけ》があって、かつても、同じ現場で同じような経験をしていたからだ。

それは数年前の『高田文夫のラジオビバリー昼ズ』という番組のスタジオ内。

そのアシスタントを務める明子さんから、父親が亡くなり、今、遺品整理で困っているとの話を聞いたのだった。

「大量にエロ本を隠し持ってましてね」

と、おっしゃったその時、僕に向けられた微笑みがそれ。

まるで〝あなたならどうする？〟と、問われたようで、つい、

「僕がそれ、引き取りましょうか？」と、口に出した。

「ありがとうございます。本当、助かります！」

〝捨てるエロあれば拾うエロあり〟

その瞬間、僕がエロ神にでも見えたのか、明子さんは手を合わせた。

しばらくしてうちの事務所にダンボール箱が送られてきた。もちろん明子さんが差し出し人である。

その中にぎっしり詰まったエロ本は昭和、平成にかけての漫画誌が多く、〝お父さんは写真よりもそっちがお好きだったんだな〟と、思った。

僕も、あがた有為、羽中ルイといった漫画家さんに随分とお世話になってきたが、丸ごと雑誌では残していない。

しかし、お父さん、こんな大量のエロ本、よくぞ今まで見つからず保管してきましたね。

意外とこの送られてきたダンボール箱にマジックで〝書類〟とでも書いて、シレッと押し入れに仕舞ってらっしゃったのではないか？

確めてみたけどそれらしき痕跡は見当たらなかった。

いや、今はそんな推理をしてる場合ではない。これらをどう、リユーズするかである。

いつものように気に入ったところだけ切り取り、現在724冊目にもなるエロスクラップブック（通称・エロスク）に貼るしか手はないが、やっぱ、かつての愛用者が確実に分かっているエロ本は気が引ける。お父さんのお顔すら存じ上げないが、きっと明子さんにどこかしら面影を残してらっしゃるんでしょ？　で、今回、その残りを差し出され……。

でも、僕にはエロ神としての責任がある。その日、重い紙袋を手に下げ、ラジオ局を後にしたのだった。

I can't get no satisfaction !

今、思い返してみても小学校の6年間はやたら長かった。騙されて10年近く通わされてたんじゃないかと、疑いを持つほどだ。

僕はそれでもわりと早い時期から持て余した暇を潰す方法に気付いていたので、夜だけはどうにか凌げた。

しかし、日常の暇はどうしたものか？　学生の本分である勉強に精を出せばいいのだが、何だかそれも違う気がしてついつい日中でも股間に手が伸びることになる。そこをいじっている間は幸福感すら得られるからだ。それ故、よく親に見つかりこっぴどく叱られることになるのだが。

叱る理由、今ならそっち側の気持ちも分かるし、何ならその真意だって読み取れる。〝そんな気持ちのいいことばかりしてると大切な時間がすぐに過ぎてしまうぞ！〟だ。でも、当時はまだ、自分もいずれ死ぬことにイマイチ、ピンときていなかったし、この先も延々続くだろう暇のほうを恐れてた。

結局、大人は子供の成れの果て。僕も仕事を始めてからそれなりに忙しくなったが、暇はやはり付きまとった。

そんな時〝そこだけじゃなく私をいじってみれば？〟と、言わんばかりにファミコンが発売。暇を根こそぎ吸い取ってくれた。

本体は壊れてしまったが、数本のソフトといっしょに未だ保管してる。それは幼い頃からの収集癖によるものだが、心のどこかに大切な時間を多く費やしてしまったという後ろメタファーがあるのも確か。

後にそれを見返すことで時間を取り戻そうとでも思っているのかも知れない。

そして次に〝いじってみれば？〟のお誘いを受けたのがケータイ。初期のものとは違い、電話は元より、さまざまな機能が持ち歩ける最強の暇吸い取り機である。

そんなものを買って貰った小学生は、僕と違い、さぞかし6年間を短く感じるだろう。中にはどうにかしてブロックを解除、エロ動画ダダ漏れケータイを持ってる小学生もいるはずだ。それは〝セルフ暇潰し世代〟にとってとても羨ましいことではあるが、言うても配信。もはや、それに費やした時間を取り戻すべきブツがそこには存在しない。

そりゃ、ブツを持たないことが一番のバレないための防御策であるが、エロをこよなく愛する者にとって、それではアイ・キャント・ゲット・ノー・サティスファクション！　満足いかん。

ジャケット写真をプリントアウト出来るものもあると聞くが、それでもノー・サティスファクション！　あくまでセルDVDに封入されている本物のジャケ写じゃないとグッとはこない。

もう今は配信のみで、DVDの存在すら知らない若者も多いことだろう。

そんな人たちに今回、僕の大切な思い出ブツをお見せするよ（写真参照）。

一見、世界遺産・白川郷の合掌造りの屋根に見えるだろうが、そうじゃない。

エロDVD本体を並べているようじゃ、いくら棚があっても足りないので、ジャケ写だけを抜き取り、重ねてある状態だ。それに実はこれだけじゃない。まだ何棟もある始末。

この歳になってようやく気付いたけど、人生というものがすなわち暇つぶし。

やっぱ、元はしっかり取っておかなきゃ。この場合の元とはエロジャケットなんだけど。

これで思い出にどっぷり浸れるし、たっぷり語ることも出来る。ま、聞いてくれる人がいればの話だけど。

マドロス詐欺にご用心！

〝ミャーミャーミャー〟

ウミネコが鳴く、まだ夜が明け切らぬとある港。

岸壁に設置されたボラード（船を繋留するための鉄の塊）に男は片足を乗せ、パイプをくゆらせている。見た目は20歳そこそこである。

自撮りしてＳＮＳに上げたいくらいの決めポーズだが、そもそもケータイなど存在しない昭和30年代。それが却って〝港、港に女を作る〟マドロスにとっては好都合だった。

港に船が停泊している期間は1週間もない。

「今度はいつ、会えるのかしら？」

シーツにくるまった裸のレディーが聞いた時、

「それは海の神のみぞ知る。だから、ワンモアタイム」

と、いつも、そうそぶき、再びベッドに身を投じるのだ。

「せめてお見送りはさせてよね」

「それじゃ船員たちに示しがつかないよ」

マドロスは照れ臭そうに言ってパイプに火を付けるが、それは虚言である。

よく考えたら分かることだが、彼は船長ではない。あくまで船員のひとりだ。

が、しかし、アバンチュール・イズ・ブラインド。港町の酒場で初めて出会った時からレディーはそう信じてやまなかった。それは、彼のファッションと語り口調にあった。

「退屈しのぎに七つの海の話でもお聞かせしましょうか？」

「世界中を航海してらっしゃるのね、素敵だわ♥」

「いや、素敵なのは貴方のほうですよ」

「まぁ、キャプテンったらお上手ね！」

レディーがそう決め付けたのは、その帽子とパイプにある。毎回、下船する際、船長室からこっそり拝借している品だ。ふだんは水兵のような帽子か、バンダナなどを頭に巻き、甲板をモップで洗っている。ボーダーシャツを着ているのもその証拠で、出来れば、胸にエンブレムが入った白いジャケットも拝借したいところだが、流石《さすが》にそれには手が出せないでいる。

「でも、いつも、そんなことを言って港、港でナンパしてらっしゃるんでしょ？」

しかし、若い上にイケメンときてる。そこはレディーも疑ってかかる。

そんな時はこう返すのだ。

「いや、こんな経験は初めてです。貴方を見た瞬間、私の船は難破しました。どうかお助けを

……」

なんちゃってね。

船長室に帽子とパイプを戻すため、出航の朝は誰よりも早く、乗り込まなければならない。

乱れた髪で爆睡してるレディーを横目に、マドロスはひとり宿を出た。

そして、まだ暗い港で例の片足乗せポーズを決め、

〝アバヨだけが人生さ〟

と、呟く――

たぶん、そんなところだろうと僕は推測するのだが、どうか？

3年ほど前からやたら、マドロスが気になって仕方ない。

それで、かつて日本にも起こったマドロス・ブームの産物、レコードや映画のＤＶＤを買い漁っているのだが、やはり、そのマドロス・ファッションとやらに疑いが残る。

これっていわゆる、なりすまし詐欺のハシリではなかろうか？

僕も今回、なりすましたつもりだったが、これじゃ土産物屋で売ってるマドロスの木彫り人形じゃないかと思った次第である。

『週刊ザテレビジョン』と駆け出し時代

つい先日、『週刊ザテレビジョン』が今年（2023年）3月で休刊するというニュースを知った。

1982年、創刊されたそのテレビ情報誌はしばらく、千代田区麴町の雑居ビルの一角に編集部を構えていた。僕はそこに毎週、〆切り日になると作画したイラストを届けるため訪れた。ドアがオフィスのそれじゃなく、ガラガラと横に引く和風なもので、不思議に思って聞くと元は蕎麦屋だったという。室内だけを少し改造し、編集部としているのだった。

当時、僕が住んでいた新高円寺のアパートから丸ノ内線で赤坂見附へ、そこから最寄り駅と言いつつも乗り継ぎ距離がやたらある永田町を経由し、有楽町線で麴町。

それを創刊号から4年ほど続けていたもので、編集者はみな、親しく接してくれた。「みうら君、お疲れ様！」と、言って、それこそ蕎麦屋の湯呑みでお茶を出してくれる時もあり、僕は何だか出前から戻った店員のような気分になった。

その期間に頂いていた仕事は、担当編集者が地方新聞からピックアップした、〝高速道路にイノシシが珍入⁉〟とか、そういう面白記事に添える白黒イラスト2点。

掲載されるサイズはどちらも縦3センチ×横4センチくらいの小さなものだったが、電話でネタを聞いて仕上げるまでにかなりの時間を要した。それはイラストレーターとしてあるまじきことだが、毎回、うまく描けたためしがなかったからである。

今のようにスマホで検索すればどんな写真でも出てくる時代ではない。美大を卒業こそしたが、資料写真を見ずにスラスラ描けるほどの画力はなく、乗り物、特に自転車に至っては〆切り間際、そのヘタクソなイラストに矢印を加え〝コレ、自転車のつもり〟なんて冗談めかした言い訳を書き添えたりもした。

だから、そんなものを届けに行く時は、「もう、いいや、次号から他の人に頼むから」と、言われやしないかとヒヤヒヤ。

そんな折も折、当時つき合ってた彼女から、「今度、お母さんが田舎から出てくるから、いっしょに食事でもどう？」と、誘われた。

「娘がいつもお世話になってすみませんねえー」

初顔合わせの食事会。開口一番そうかまされ、

「いや、お世話なんて何も……」

と、言って頭をペコペコ下げたが、それはお母さんが暗に肉体関係のことを示唆しているのではないかとこちらもヒヤヒヤした。和やかな会話がしばらく続いたが、二人の将来について

話が及んだ時、お母さんは真面目な顔でこう言った。

「あなたはインストラクターをやっておられるんですってね」

〝は？〟

すぐさま彼女から、

「違うわよお母さん、イラストレーターって言ったでしょ！」

と、訂正が入った。

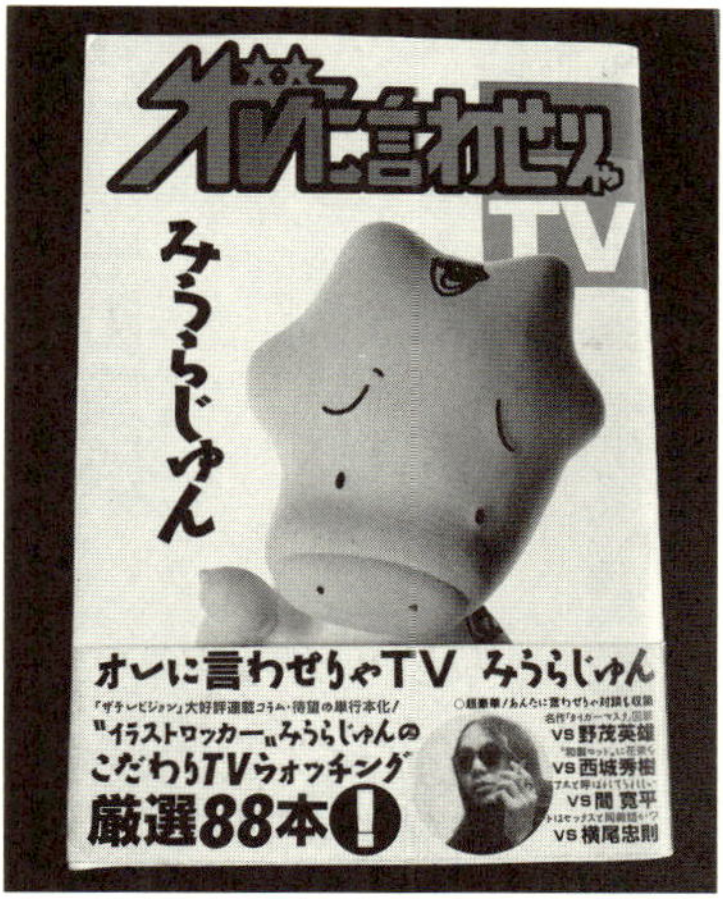

のちに始めたコラム＆イラストの連載をまとめた単行本。

「ごめんなさいね、本当、覚えが悪くて」

お母さんがそう言って謝った時、僕は改めて〝自称イラストレーター〟であったことに気が付いた。

それでも『週刊ザテレビジョン』は懲りることなく、その後もたくさん仕事をさせてくれた。とても感謝してるし、今度は僕から言わせて下さいな。

「お疲れ様でした！」

マリモの適温

かつてつき合ってた彼女はひどい冷え性だった。

「本当、冷たいね、僕が暖めてあげるよ」と、言って手を繋いだ冬の散歩道。

しかし、そんなロマンチックな日々は長く続かず、断りもなく僕の股間に手を伸ばしてきては暖を取るようになった。

それはベッドで事を済ませた後、無防備なそれをいきなり握ってくるもので、

「やめろ！　つ、つ、冷てぇー！」

と、僕は毎回、悲鳴を上げた。

「だって、冷え性なんだもん、仕方ないでしょ」

って、仕方ないのはこっちだろ。

そりゃ、まだ竿は火照りが残ってるだろうが、同時に袋まで握るのはやめてくれないか。

「ねぇねぇ、何でいつもこのマリモだけは冷たいの？」

だから、前にも言わなかったっけ？　冬場のそれは縮み上がってるんだよ。医学的に説明すると、精巣が精子をつくる適温（34〜35度）を保つために精巣挙筋が収縮しているわけでさ

……。

「マリモというか、ウニに似てる。ほら、殻付きのやつ」

きっと君はバフンウニの形状を言わんとしているのだろうが、どっちでもいいことだ。

「ねぇねぇ、このウニ、じっと見てると微妙に動いてない？」

いや、じっと見ないでほしい。

「ひょっとして自分で動かしてんの？」

そんな芸当、出来るはずがないだろ。

「だったらこれ、新発見じゃないの！　ねぇー」

君はコペルニクスみたいな気持ちで言ってるのかも知れないが、それは寒暖によって縮み上がったり、垂れ下がったりするもんなんだ。

突然、君がその冷たい手で握ったもんで、袋は適温に戻すため必死でトランスフォームしてんだって。

「このことまだ、きっと誰も気付いてないよね！」

いや、だから、男なら誰だって気付いてると思うよ。

もし、もしだよ、どう間違ったか、その金玉中心説が新発見ってことになったとしたら最後、君の名は後世まで語り継がれてしまうことになるんだよ。

嫌だろ？

君はそれでもいいのか？　いや、むしろ光栄だと言うかも知れないけど、マスコミが放っておかない。

「誰のを見てそれに気付いたのか？」って、しつこく聞いてくると思うんだ。やだよ、絶対、言うなよ。

彼女はちっとも僕の話を聞いていなかった。それどころか、「これ、ムービーで押さえておいたほうが良くない？」と、遂にはUMA扱いするのだった——。

追伸——先日、『FALL／フォール』という映画を観に行った。

地上600メートルのテレビ塔を舞台にしたスリラーもの。

しかし、男にとっては、〝金玉縮み上がりもの〟の決定版だった。

寒さによってではないこの縮み上がりの理由とは何か？

もし、自分だけ助かろうと体内に逃げ込もうとする金玉の身勝手であるなら、僕は、とても許せないと思った。

ラクエルさん！

僕が小学3年生の時に見た夢の一本を未だ覚えているのは、それが初淫夢だったからだ。

話はうちの小学校に転校生がやって来るところから始まる。

先生に連れられ教室に入ってきたのは何と、ラクエル・ウェルチさんだ！

先日、映画館で観た『恐竜100万年』（1967年）と同じ出で立ち、そう、毛皮で出来たビリッビリのビキニ姿で黒板の前に立っているのだ。

しかし、どうしたことか、クラスメイトは騒ぐことなく、先生の話を聞いている。

「この度、うちのクラスにやって来たラクエルさんだ。みんな仲良くしてあげて下さいね」

「はーい」

おいおい、仲良くって言うけど、彼女は原始人なんだぞ。

さてはまだ、映画を観てないな……。

「じゃ、ラクエルさん、その空いてる席に座って」

そう言って先生は僕の机の横を指さす。

〝え!?　隣かよ……〟

と、さらにドキドキした。そこから場面は下校途中に変わる。ラクエルさんもランドセルを背負っているではないか。たぶん、数日は経過しているのだろう。

「ネェ　イッショニ　クラサナイカ　ジュン」

いきなりそんなことを言われたって……。

「ダッテ　ジュン　ワタシノコト　スキ　ナンダロ！」

「そりゃ大好きやけど……」

原始人に説明しても仕方ないが、小学生はまだ結婚出来ないんだよ。

「ハッキリ　シロヨ！」

しかし、ラクエルさんは強引だった。二人はそれから小学校の真向かいにある、僕がよく泥団子を作ってた小さな公園の一角に、掘っ立て小屋を建て暮らし始めたんだけど、学校が近いせいでクラスメイトが引っきりなしにやって来る。

「ミナ　ナカヨシネ」

と、ラクエルさんはとても嬉しそうに言うけど、僕はとても不満だった。だって、以来、一度も二人っきりのシーンはないんだもの。僕の気持ちがようやく伝わったか、

「ワカッタヨ　ジュン　コッチニ　キテ」

と、ラクエルさんはベッドから手招きした。

当然、僕はベッドに急行した。その時、何だかとても腰の辺りが生暖かかった。そして、パンツを脱ごうとしたら、僕も毛皮で出来たやつをはいているではないか。それはいくら力を込め、ズリ下げようとしても、微動だにしない。まるで身体の一部のようだ。

「ジュン　ドウシタ?」

ラクエルさんに聞かれ、さらに焦った。

そして、どうしたことか、今度は腰の辺りがどんどん冷えていくではないか。

冷たさがマックスに達した瞬間、僕は〝しまった!〟と、思ったが後の祭。

オネショで目が醒めた。実際のパンツはビシャビシャ。シーツには大きな染みが広がっていた。

親にまた、叱られるのかと落ち込んだ——

今思うと、当時、僕以外にもたくさんの怪獣少年の夢に夜な夜な出演されてたんだろうなあ。

現実じゃないけど、本当、いい思い出を作って頂き、ありがとうございました。ラクエルさん!

最中に夢中

さて、今回の講義はコレです（黒板に〝最中〟という字を書く）。

みなさんはこの漢字に３つの読み方があることは当然、ご存じですよね。

そうです「さいちゅう」、「さなか」。もうひとつは？

「もなかですか……」

正解です！

さいちゅうと、さなかは同じ、いちばん盛んな状態という意味ですね。通常、「〇〇してる最中に――」と、用いますが、さて、どんな〇〇が相応しいでしょう？　そこのメガネの方、お答え下さい。

「あ、はい、散歩をしている最中に、とかですかね」

それだと散歩でまっさかりになっていることになりますよ。違います。

「じゃ、勉強してる最中に？」

まっさかりになるほど勉強されたことがありますか？　違います。それらには、〝途中〟を用いられるのがいいのではないでしょうか？　最中というのはね、もっと必死なんです。お分かりになりませんかね？

〝セックスしている最中に――〟です。

それは基本、隠れて行う行為に発生すると言っても過言ではないでしょう。動物にとってとても危険な状況とも言えますね。交尾中に外敵から命を狙われることがあるからです。だから、彼らは早く最中を終わらすんです。それにつけても人間ってやつは、どうでしょう？　ラブホにシケ込み、ハッスル三昧だというじゃないですか。

これが霊長類とやらのヤリ口ですかねぇ。本当、呆れてものが言えません。

ところで、私は最近、もうひとつの読み方に夢中なんですよ。

「もなかですか？　先生」

そう、散歩の途中で和菓子屋を見つけますとね、もなか欲しさに思わず入っちゃうんですよ。この間なんてね、わざわざ電車に乗って、私が大学時代、住んでたアパートの近くにあった〝だんごの輪島〟まで行ったんですよ。

ご存じないですか？　元WBA・WBCの世界スーパーウェルター級王者の輪島功一さんのこと。

何と、その店のもなかの皮はボクシングのグローブの形をしてるんです。

「……」

私が思うに人間は、いちばん盛んな時期を過ぎますとね、甘党になっていくんですよ。

「先生、それ、何か根拠があるんですか？」

〝水の面に照る月なみを数ふれば今宵ぞ秋のもなかなりける〟

『拾遺和歌集』にあるこの歌の〝もなか〟とは、月見の宴において出された白くて丸い餅菓子を、月に見立てたものなのではないかと言われています。江戸時代に現在あるもなかの原型が考案されるのですが、そもそもは円形だったんですね。

本当、濃くて甘みのある知覧茶と、よく合います。

「先生が単におじいさんになっただけじゃないですか（笑）」
そして、私もね、いつか大好きなもなかを一堂に集めましてね、宴ならぬモナカグランプリを開催したいと思っています。
「モナコじゃなく？」
おっと、時間になりました。それではみなさん、さようなら。

阿弥陀様はお見通し

ボブ・ディランさんの来日が迫っている。ファンにとってそれは、阿弥陀来迎《らいごう》と同じ。〝ヘイ、ミスター・タンブリンマン、ロック浄土へ連れてってよ〟と、今からワクワクしながらその日を待ち望んでいるのである。

初来迎が１９７８年。二浪目の美大受験日が二日後に迫っていたが、それでも武道館に駆け付けたものさ、ベイブ。以来、欠かさず拝観拝聴してきたけれど、１９９４年のツアーは全部、おじゃまさせて頂いた。ソニーの〝ディランがロック〟キャンペーンに携わっていたこともあり、各地で楽しい思い出がいっぱい作れた。

その中でも一番、大きな出来事は九州・小倉での公演後、楽屋前の通路でボブさんと対面したことである。しかし、残念なことに僕は英語がからっきし出来ない。レコード会社の方がそんな時にと、通訳に〝アイリーン〟という女性を付けてくれたのだが……。

取り敢えずビビりながら「はうどぅーゆーどぅー」と挨拶したが、その時、ボブさんはサングラスをお掛けになっていて、表情は窺い知れなかった。

僕もそんなボブさんに憧れ、ずっと掛け続けているわけだが、このＷサングラス状態はまるで『タモリ倶楽部』だった。

しかも、ボブさんのはミラーサングラスだ。その両眼に当時、赤く染めていた僕のロン毛＆サングラス顔がバッチリ映り込んでいる。

本当、これには参った。その場で作り笑いでも浮かべようものなら〝どんな気がする？　英語が出来ないってことは〟と、『ライク・ア・ローリング・ストーン』調に禅問答されてる気になる。アイリーンさんはどうやら僕のプロフィールを紹介してくれてるらしい。

「彼はライターであり、イラストレーターであり、ミュージシャンであり――」

うーん、ミュージシャンだけは言わないでよ……。ようやく聞き取れる単語に顔が真っ赤になった。

まだ、僕の肩書きを羅列しているみたいだが、ボブさんは相槌を打つこともなく、黙って聞いていた。その間、僕は棒立ちで、ボブさんのミラーサングラスに映った自分と対峙し、〝こんなにハラハラドキドキするのは、童貞喪失の時以来かもな……〟などと、いらぬことを思っていた。

ようやく紹介が終わったところで、ボブさんは、口元を緩め一言、呟いた。

もちろん何をおっしゃったのかは分からない。

でもその時、アイリーンさんも微笑んだので、僕はちょっと安心した。

阿弥陀様はお見通し

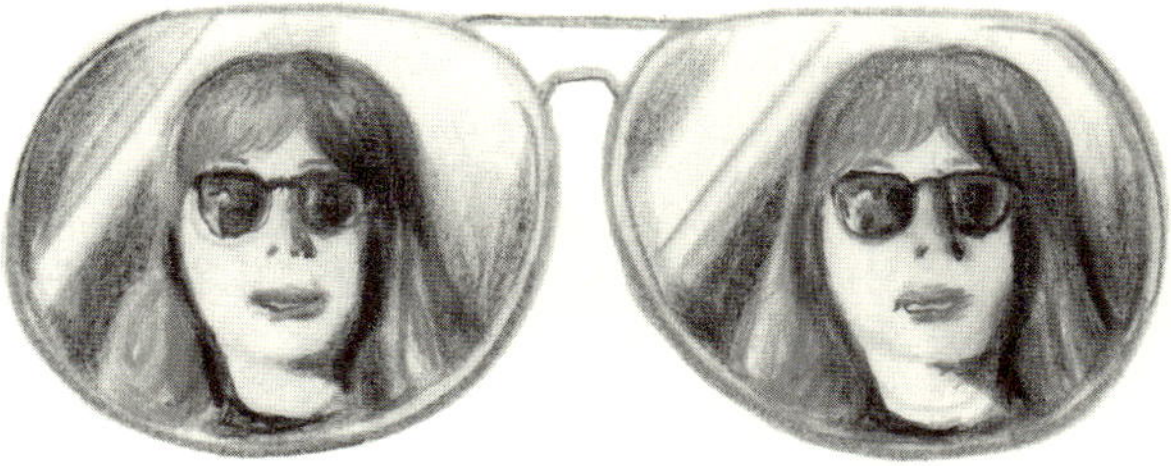

それで、小学校の三者面談のような時間はようやく終わった。

「さんきゅうべりまっち」

僕は深々と頭を下げ、出口に消えていくボブさんの背中を見送ったのだ。

その後、興奮醒めやらぬまま、アイリーンさんたちといっしょに居酒屋へ向かった——。

「お疲れ様！」

と、言って乾杯したが、それは本来、ボブさんに向けてのセリフだろう。

ま、いいや。そんなことより早く、ボブさんが何をおっしゃったのか教《お》せーてよ！

「それはね……たくさんの肩書きを聞いて、彼には定職がないのかって」

やはり阿弥陀来迎。何だってお見通し。僕はそれ以降、〝イラストレーターなど〟と、名乗るようにしたんだ。

もう一度、心を込めて「さんきゅうべりまっち」。

アナタHaaaan!!!

『アナタハン』

この、はんなり京都弁風な言葉、何だと思う？

〝それは第二次大戦末期の1944年、アナタハン島に漂着した31人の日本兵が、夫と共に島に住んでいた女性を巡ってすさまじい争いを繰り広げ――〟

と、DVDのパッケージ裏の解説にあるように、島の名前。北マリアナ諸島のひとつなんだって。そこで、この映画の題材となった、いわゆる〝アナタハンの女王事件〟が起こったってわけ。公開は1953年だから、僕が生まれる5年前。監督は外国人。初めて日本語字幕が付いたことでも有名なトーキー映画『モロッコ』を撮った方なんだって。

ま、そんなことより僕がグッときてるのはこの『アナタハン』の音楽が、伊福部昭さん（パッケージには〝井福部〟ってあるけどね）で、何と特殊効果（今で言う〝特撮〟だね）が、円谷英二さんってことなんだ。

知ってる？　怪獣映画の礎を築かれた二大巨匠さ。ま、当然、僕はそのクレジット、随分前から『大特撮』って本で見て知ってたんだけど、

「あなたはんをじっさいみたんはこれがはじめてどすえー」

アナタハンの女王役がね、またスゴイ！　根岸明美さんだ。

根岸さん、後に『キングコング対ゴジラ』に出るからね。最近のハリウッド版じゃないよ。その元のほう。その島はさ、ファロ島って言ってね。キングコングが守り神なわけ。

根岸さんは、コングの前で、その豊満な、それでいて引き締まった肢体を露わに踊られる島民役でさ。ま、言っても裸じゃないけどね。

僕さ、初めて怪獣映画で島に興味を持ったんだよ。『モスラ』は、インファント島。『ゴジラ・エビラ・モスラ　南海の大決闘』は、レッチ島。エロマンガ島は怪獣関係ないけど、どうよ？　この名前。

「……」

そうそう『マタンゴ』も、南太平洋にある無人島が舞台ってことになってるけど。

ほら、アナタハンの女王がジャングルに分け入って、男と淫らなことするシーンあったじゃない？　あれって、たぶん『マタンゴ』に引き継がれたんだと思うわけ。『マタンゴ』も食料と女性をめぐって争いを起こす物語だからさ。

ま、そんなことはいいとしてね。君はバカンス向きじゃない島なんて、一生、行きたくないって言うだろうけどさ。でも、本来、明るいはずの南国の島に暗い影と傷跡を残したのは一

体、誰だって話になるよね。僕たち人間じゃないか。それでもまだ性懲りもなく戦争をくり返してるようじゃ、この世で一番、ざんねんな生き物は人間ってことになるよね。

　きっと、怪獣映画が言わんとしているところもそこでさ、怪獣とてその被害者だってことさ！

「……」

　ごめんごめん、つい熱く語っちゃった。

　そうそう、『アナタハン』の日本兵役のひとりが中山昭二さん！　顔がお若くて一瞬、分かんなかったけど、中山さんもほら、後に、『ウルトラセブン』のキリヤマ隊長だからさ。

　マジ、すごいと思わん？　そんなメンツとスタッフが揃ってる映画。今時、５０００円もしたけどさ、このＤＶＤ、本当、買って良かったよ。ねぇ、聞いてる？　さっきから君はうんともすんとも言わないけど……。

　おいおい！　すっかり寝てんのかよォ〜。

ヒーローへの手紙

拝啓、シン・仮面ライダー様。

先日、あなたのご活躍ぶりを拝見し、思わず筆を執った次第です。

そもそもあなたを知ったのは中学生の時。青春ノイローゼ真っ只中でありました。嗚呼《ああ》、思えばあれから半世紀以上も経つんですね。フォーエヴァー・ヤングなあなたと違い、こちとら今や老いるショッカーの一員……。と、言っても、あなたが戦ってらっしゃるショッカーとは違いますよ。老いるショックを受けし者のイーッ!! すなわち高齢者の意、です。

最近のライダーもたまにテレビで見るんですが、もう変身ベルトがスゴイことになってるじゃないですか。トリセツが苦手な世代には、とても手に負えそうにありません。

ま、老いるショッカーが心配するようなことではないのですがね。

10年くらい前になりますか、歴代ライダーが総出演する『オーズ・電王・オールライダー　レッツゴー仮面ライダー』という映画を観に行ったことがあるのですが、ジェネレーション・ギャップってやつを目の当たりにしましたよ。その時のあなた、本郷猛役はマジ初代の藤岡弘、さんが再演しておられましてね、若いライダーたちは大先輩の登場に恐縮しまくりで。しかも、パイセン、ライダーキックの一点張りじゃないですか。

そこは敵だって気を使いますよね。まるで往年のジャイアント馬場さんとの試合みたく、ここは自らがその足に飛び込んで自爆するしかないでしょ？　敬意は大切なことですが、ちょっと複雑な気持ちになったもんです。

その点、『シン・仮面ライダー』は、老いるショッカーにもとてもお優しい。シンと言えどキュー（旧）設定なんですもの。しかも、あなたは改造されたホヤホヤの状態。少しデザイン変更はあったものの、ライダーベルトは懐かしの風車式。バイク走行も『ミッション：インポッシブル』張りだったじゃないですか。つい、おやっさん（立花藤兵衛）の気持ちになり、「猛、随分うまくなったじゃないか！」と、言いたくなりましたよ。

他にも色々と気配りがあったこと、見逃しちゃいません。取り分けグッときたのはある車体のナンバープレートに『多摩』という文字を見た時です。昭和のライダーたちは、奥多摩で戦うものと相場は決まってましたもんね。

ま、僕がその地の存在を知ったのは上京してからなんですが。

東京都とはいえ、あれほどの奥地。さぞかしショッカーたちも生活するのに不便だったことでしょう。通ってた大学が多摩地域に近かったもので、何度か友人の運転する車でその辺りをドライブしたことがあります。そうそう、その時、街道でやたら見掛けたのが『ホテル野猿《やえん》』

という看板です。でっかいネオン看板もあって、それはそれはインパクト大。ビックリしたもんです。

80年代初頭、このラブホのことが深夜ラジオで話題になりまして、とんねるずがとうとう『野猿』というグループを組むまでになったわけで……。

いや、すいません。話がエロに逸《そ》れました。兎に角、『シン・仮面ライダー』は、老いるショッカーにとってすごくイーッ！映画だったってことです。敬具。

ラスト・ザシタレの嘆き

『タモリ倶楽部』が他のバラエティ番組と大きく違ってた点は、世間が認めるタレントに混じってザシタレが堂々と出演していたところである。

ザシタレとは、雑誌をホームグラウンドにしている、いわゆるライターやデザイナー、編集者といった類い。誌面に顔出しも厭わず（いや、むしろ喜んで）自らのタレント性をアピールしてきた者たちのことだ。テレビ局はそれも含め〝文化人枠〟と大きく括るが、飛び道具が下ネタなザシタレ、言い替えるなら〝ウンカチン〟のほうが相応しい。

あ、それ、ごめんなさい！　全部、僕のことだった。

しかし、もうそんなことは過去のお話。雑誌の衰退と共に今や、ザシタレも瀕死の状態だ。

どげんかせんといかん……。

「なぁ、今度の日曜、闇市行かへんけ？」

と、中学校のクラスメイトIがニヤけた顔で言ってきた。

「久々やもんなぁー」

と、僕もニヤけた顔で返したその闇市。何も戦後間もない頃のそれじゃない。やたら店内が薄暗い小さな、とある本屋のことを僕らはそう呼んでいたのである。

お目当ては店の奥まった所にあるエロ本コーナー。そこが取り分け暗かった。

日頃から親に暗いとこで本を読むなと、注意を受けていた僕はそんな暗がりで立ち読みしている大人たちに不気味さすら感じてた。

だから、ひとりでは行ったことがなかったのだ。

一度だけ、フッーの雑誌を買ってる客を見掛けたことがあるが、こんな立ち読みばかりの本屋、果たして経営が成り立つのか、僕は中学生なりに心配までしてた。

Iは店に入るなりそのコーナーに向かい、僕もそれに続く。その日も狭いスペースに立ち読み客が5、6人集っていた。以前、見掛けたことがある連中ばかりだ。

その時、Iが僕に軽く肘鉄を食らわした。そして、〝コカンコカン……〟と、小さな声で耳打ち。その意味にすぐ気付いた僕は常習犯たちの股間をチラ見した。暗くて分かり辛いが、確実に何人かのズボンにテントが張っている。これは立ち読みのさらに上、勃ち読みではないか……。

流石、プロともなるとそんな芸当が出来るのか……と、思った。

それから随分、時が流れエロ本はビニ本時代に突入した。透明なビニールで覆われたエロ本は表紙と裏表紙だけしか鑑賞が出来ず、さぞかしあの頃の勃ち読みストも困ったことだろう。

そう、経営が成り立つのかとの僕の問いにIが返したセリフを思い出した。

「立ち読み客は本屋がどれだけ活気があるか、そのバロメーターやさかい」

売れてる様子は全くなかったけど、Iの言う通り、あの闇市には活気だけは確かにあった。だから僕らも吸い寄せられていたと言える。

今、コンビニにはエロ本の類いは置かれていない。それは仕方ないとして、未成年が読んでも大丈夫な雑誌でさえテープが貼られ、立ち読み出来ないようになっている。理由は色々あるのだろうが、それでは雑誌として一番大切な活気が失われて当然だ。

ラスト・ザシタレの僕としては今一度、雑誌の開放を願うわけで——。
え？　文春はこの連載のタイトル（「人生エロエロ」）と内容がマズイってか!?
どげんかせんといかんのは僕なのか……申し訳ない！

ファイトの最中

先日、リリー・フランキーさんと、だんごの輪島の話題で盛り上がった。

リリーさんとは同じ美大出身で、歳は5つばかり僕のほうが上だけど美大周辺のほぼ同じ景色を見ていたことになる。

だんごの輪島は、僕が在学中、中央線の国分寺駅近くに出来たお店で、オーナーは元プロボクサーの輪島功一さんだった。

「だんごの他にボクシンググローブの形した最中《もなか》もあったじゃないっスか」

「あったあった！　ファイト最中でしょ！」

なつかし話で火が付いて僕は翌日、訪ねてみることにした。

都市開発で駅前はごろっと様変わりしていて、OBはとても戸惑ったが、捜し当てただんご屋さんは当時のままの外観で、もうすっかり80年代にタイムスリップした気になった。

この近くにまるで松本零士さんの漫画『男おいどん』に出てくるような木造モルタルのボロアパートがあってね、その1階に美大のクラスメイトのKが住んでたんだ。

トランクスからサルマタケなんて名のきのこが生えてるんじゃないかと思うほど不潔な生活

を送ってたKだけど、つき合って1年になる彼女がいた。

路地に面した部屋なので、常時、雨戸まで閉め切ってるという用心深さ。

でも、当然クーラーなどないわけでね、夏場に遊びに行くと室内は蒸し風呂状態だった。

「雨戸を開けようよ」と、僕が言うとKは、「それ、開かないから」と、妙な返事をした。

「そんなわけないやろ？」

僕は立ち上がり、先ず手前にある、これも御多分に洩れずのボロ木枠ガラス窓を開けたら、

「そこからが問題でな」と、Kは背後から言った。

錆び付いた雨戸の裏側に手を掛け、力ずくで横にズラそうとするのだがびくともしない。たぶん下のレールの部分に雨戸が乗っていないせいだ。今度は少し持ち上げるようにして力を入れたが、全く効果はなし。それでさらに汗をかき、

「これ、いつからこうなってんの？」

と、諦め聞いたら「去年の夏に閉めて以来」と言う。それはKが彼女とつき合い始めた頃と一致する。ハハーン、さては……。

「陽も差し込まんし、電気代もかかるやろ？　一度、大家に相談したらええやんか」

と、遠回しに聞くとやはり、

「でも、部屋を覗かれる心配ないし、それに防音にも役立ってるからな」

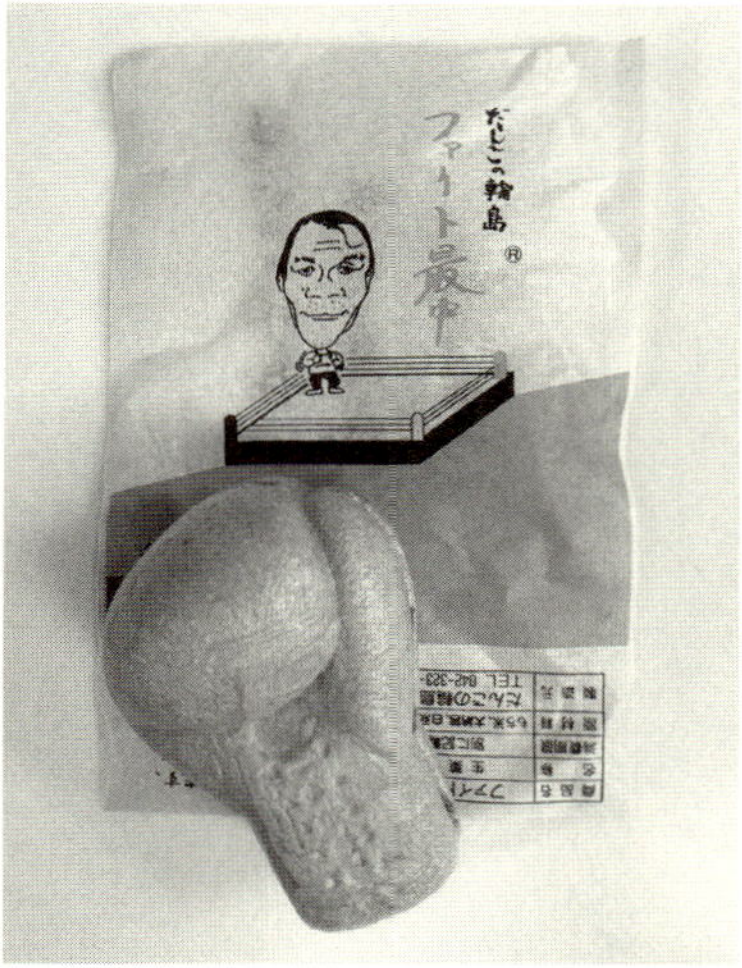

と、きやがった。

Kはどんな弊害があれ、彼女とのセックスを優先したいのだ。ただでさえボロアパート、近隣にあの時の声は漏れるどころかほぼ丸聞こえだ。大家に知れたら追い出される可能性もある。そこが蒸し風呂でも我慢せざるを得ない理由とみた。彼女も納得済みなんだろう。

しかし、その年の夏、惨事が起こる。

台風で天の岩戸ならぬ、雨の岩戸が吹き飛ばされてしまったのだ。

神話では力持ちの手力雄命《タヂカラオノミコト》が岩戸を長野県の戸隠（その名前の由来）まで放り投げたと伝えるが、雨戸は単に部屋の外に落ちていたらしい。

Kがその時、

「マジ、ビビッたよ」

と言って遂に告白したのは、それが彼女としてる最中《もなか》、いや最中《さなか》の出来事だったたってことである。

4人はアイドル（ただし二軍）

世に言われる〝無駄なモノ〟。そんな中にも一軍と二軍が存在する。いや、それは無駄なモノ監督の僕が単にジャッジしているだけのことで、別に知らなくても恥はかかないので大丈夫。

現在、『みうらじゅんFES　マイブームの全貌展　さらに増量！』が所沢市民文化センターで開催中なのであるが（2023年4月15日〜5月7日）、その前段階、仕込みで毎度、頭を悩ませている。毎度というのは似たような催事をこれまでにも何度か行ってきたからだ。

当然、無駄なモノは今でも買い、作り続けている、すなわちキープオン増量態勢。今回の展示もその数は1万点を優に超える。監督としては新人をたくさん投入したいところだが、ずっとベンチで（いや、貸倉庫で）くすぶってる二軍にも陽の目を見させてやりたい気持ちもある。

運搬用の大きなトラックをしばし待たせ、それらがごちゃまんと詰まったダンボール箱を再度、チェックしていたところ、側面にマジックで〝テレタビーズ〟と殴り書きしてあるものに目が止まった。

出場を見送られ続けているなつかしの幼児向け番組（イギリスBBC制作）のグッズたちが入っているのである。ティンキー・ウィンキー、ディプシー、ラーラ、ポーというキャラ（劇中では着ぐるみ）が、そのテレタビーズのメンバー。どれもすこぶるかわいくて、僕らの中で4人はアイドルとなったのだ。

もう一人は、当時、いっしょに番組を見てた彼女である。初めは二人、楽しく盛り上がっていたが、いつしか、「私が先に見つけたんだからね！」と、やたら彼女が主張し出したもので、競ってグッズを買うようになった。

でも、僕は気付いてた。そんな愚かな戦いはいずれ、大海を知ることで終わりを告げるだろうと。

大海とは、例えばビートルズ。その限りなくあるバンドに関する音源やグッズ。その他にもジョン、ポール、ジョージ、リンゴのソロ活動をも全て押さえなきゃ、意味ないマニアの世界。それに比べりゃテレタビーズは大したことないだろうけど、パーフェクトで集めるなんて無茶だろ？

そこで提案だ。中でも特に好きなキャラ、一体に絞るのが賢明と僕は思ったわけで。

彼女は全く、マニア道など興味がなかったが、それで破産した僕の友人の話には、「バカみたい！　私、そんな人になりたくない」と、激しく反応。テレタビーズの中の赤くて一番、小柄な〝ポー〟を選択した。

「……それ、いく？……」

少し、言葉に詰まったのは僕もポー・オンリーでいこうと思ってたから。

「ティンキー・ウィンキーもカワイイと思わん？」

「ダメ！　私、ポーに決めたんだからー!!」

この、部屋に木霊《こだま》する強い意志は、どんなことがあっても崩せないだろう。それで僕は二番目に好きな黄色のラーラを選んだ。

そこなのかな？　ずっとラーラが二軍でい続けてる原因は。

久々にダンボール箱を開けてみると、一番上に乗ったコスプレ用（？）ラーラのかぶりものに笑った。

そうだった。彼女が「今日はダメ」と言った夜は、これをかぶってご機嫌を伺ったもんだよ……。遠い思い出が蘇ってきた時、

「もう、積荷ないですか？」

と、背後から運搬の方の声。僕は慌てて「はい！」と答えたのだった。

いちゃつきはディランのあとで

前にも書かせて頂いたが、今、僕の心の中にはアニメ『おさるのジョージ』に出てくる黄色い帽子のおじさんが住んでいる。

だから、どんな悪状況でも努めて腹を立てない、つもりでいたが、今回は現場が大好きなボブ・ディランさんの来日公演先のホールでの出来事。

・ほぼ定刻通り始まり、アンコールはなし、ほぼ定刻通り終わるライブ。

・ボブさんは随分前からギターはお弾きにならない。

・小さめなグランドピアノを奏で、歌われるスタイル。その時だけ立たれるので、少し客席からもお顔が窺える。

・今回は新譜がメインのツアー。かつての名曲も少し歌われるが、ボブさんと言えばの曲『風に吹かれて』は含まれていない。

・ステージは薄暗いまま。入場時の厳重なチェックで双眼鏡は一時預かりになってしまうので、バンドメンバーの顔の確認はなかなか難しい。

以上のことを踏まえた上で、僕にとっては三度目になる会場の客席リポートを聞いてほしい。開演に遅れ、そのカップルは、僕の目の前の席についた。

「早くない？　始まんの」

女は開口一番、そう言って男に笑いかけた。二人の風貌は僕のイラストを見てほしい。男は会社の重役で、女はバーのママ。

松本清張の小説に出てくる不倫カップルに違いないと踏んだ。

「ねぇ、コレ、あの曲？」

「違うと思うよ」

たぶん、それは『風に吹かれて』のことだ。

「ねぇ、じゃ、何て曲？」

「知んねぇーよ！」

顔をやたら近づけるもんで、キスでもおっ始めやがるんじゃないかと僕はヒヤヒヤし通しだ。

「ねぇ、この後、必ずお店に顔を出してよぉー」

「分かってるって」

この先も二人は私語を一切、慎しまない気らしい。やっぱりこの男は店の常連客だった。しかし、推理するに肉体関係を持ってからはホテルだけで会っている。女は、「ねぇ、絶対よ！」と、何度もくり返し言った。その間、ステージは2曲目。女は初めてステージを見つめ、「ねえ、どれがボブ・ディラン？」と、男に聞いた。

「知んねぇーよ！」

次に女が、「つまんない」と、ふて腐れたような顔で言った時、「出よう」と、男が即答したのは、約束した同伴出勤の前に秘め事を済ませたかったからだ。

それが後先になると自宅への帰りも遅くなる。

「まだ居るもんね！　私」

男のそんな腹の内などお見通しと、女は意地を張った。そのせいで男のご機嫌取りなセリフが増し、僕はようやく二人が出ていった3曲目の途中まで、ほとんどステージに集中することが出来なかった。

その後、81歳とはとても思えないボブさんの声量にいたく感激したが、土台、僕は英語が分からない。だから、あのカップルのいらぬ会話の一部始終を耳が拾ってしまったわけだ。

そんな自分にも腹が立ったが、ここは黄色い帽子のおじさんを思いグッと堪えたのだった。

夜明けのニノキン

この歳になって初見ロールだったアニメ『タッチ』。すっかりハマって見ているのだが、ヒロインの南ちゃんの家が喫茶店。それで思い出したのだが、そういや僕の中学生時代にも似たような環境のクラスメイトがいたんだ。

「タダで飲ましたるさかい」と、言うもんで何度か学校の帰りにその喫茶店に立ち寄ったことがある。とは言え、『タッチ』と大きく違っていた点は、そいつが男で、しかもエロに関して煩型《うるさがた》だったこと。

「お前、夜明けのコーヒーって知ってるけ?」

ある日、突然そんな話題を振ってきたので、僕は、「早起きして飲むコーヒーのことやろ」と、返したのだが、そいつNは、「アホかお前、エロの口説き文句やないけー!」と、随分エラソーな口調で言った。でも、それでようやく気付けたんだ。シングルレコードまで持っていたピンキーとキラーズの『恋の季節』(作詞:岩谷時子　作曲:いずみたく)って歌。

その中の〝夜明けのコーヒー　ふたりで飲もうと　あの人が云った〟というフレーズ。僕はそれまでてっきりコーヒー好きカップルの話だと思ってたから。

「お前、よう考えてみ。夜明けに二人でコーヒー飲んどるんや。当然、泊まりや。それまでの時間、一体、何をしとったか、ちゅーことやんけー」

Nはニヤけた顔で解説した。

「アレか!?」

「お前、そんなことすぐに気付かんけー！　アホ」

ちなみにアホはNの口癖。

「なるほどな。でも、それはコーヒーと違《ち》ごたらアカンのけ？」

その時、ちょっと心配になったのは、僕がコーヒーを飲めなかったからである。いや、飲んだことはあるが、すぐにお腹が痛くなるもので、もっぱら喫茶店ではミルクティーを注文していた。

「夜明けのミルクティー、飲みませんか？　で、女が口説けるわけないやろアホ」

確かにNの言う通り、それでは締まらない。

「もっと言うたら、ブラックコーヒー飲みませんか？　やろ」

「何でやねん？」

「アホかお前、男のアソコもブラックのほうがええに決まってるからやんけー」

それとコーヒーは話が違うやろと思ったが、僕はその時ツッ込まなかった。

そんなNとは高校で別々のクラス。すっかり疎遠になった。あれから何十年経ったことだろう。

そう、思い出したついでにNよ、未だ元気でいるなら聞いてほしいことがある。僕は今、コーヒーを飲んでもお腹が痛くならない。いや、もはやコーヒー好きと言っても過言ではない生活を送ってるんだよ。

〝お前、言うてもそれ、ブラックと違うやろ？　アホ〟

鋭い指摘だな、N。

どうしてもミルクとは縁が切れん。ラテ止まりだ。

好きになったのはあの甘い香りと、それにラテアートってやつさ。先日、それ飲みたさに小田原まで行ったんだ。スゴイんだぜ『きんじろうカフェ』のは。

僕らの世代は〝ニノ〟と言や、煮るなり焼くなり二宮金次郎のほうだろ？

そのニノキンのシルエットが入ったラテ。写メ撮りたくて二杯も頼んだんだからァー。

〝アホかお前、そんなんで口説ける思てんのか！〟

Nよ、もう、そんな機会あらへんわアホ！

〝生きる〟とは――

〝生〟より〝性〟に俄然、興味があった中学生時代、黒澤明監督作『生きる』（1952年）を観た。雪が降る夜の公園で、ひとりブランコに腰掛け、〝いのち短し　恋せよ乙女♪〟と、『ゴンドラの唄』（作詞：吉井勇　作曲：中山晋平）を涙しながら口ずさむ初老の公務員。

医者から告げられた重い病気。悲しみのドン底に突き落とされるが、今を生きることの大切さを知るきっかけとなる――。

僕はリバイバル上映がかかった映画館でボロ泣きし、その帰り道、近くの公園に立ち寄り、ブランコに乗った。そして〝いのち短し　恋せよ乙女♪〟と、主人公に成り切り口ずさんでみたのだが、どうもしっくりこない。当然、主人公とは年齢差もあるし、乙女に忠告してる場合じゃなく、恋がしたくて堪らなかったのは僕のほうだったから。さらに言うと、その先にあるセックスである。でも、これではせっかくの感動が台無しになる。

僕は雑念を払うべくブランコをこいだ。

〝ギィーッ　ギィーッ〟

しかし、その軋む音に反応し、さらに良からぬことを思い出してしまった。

それは随分前にクラスメイトのSに貸した『高校生無頼控』という漫画本のこと。

その1巻に「ブランコ攻め」なる話があったのだ。

〝ギィーッ　ギィーッ〟

この漫画の主人公は、通称・ムラマサ。白フンドシ一丁で公園のブランコに腰掛けている。

そこにノースリーヴの黒のワンピ（しかもめっちゃミニ）姿の女性が現れ、ブランコの正面に立つ。

するとムラマサは座ったままの体勢でブランコをこぎ、次の瞬間、彼女を抱きかかえるようにブランコに同乗させた。いわゆる四十八手で言うところの対面座位のポーズである。

〝キャーッ〟

悲鳴を上げる彼女の胸元に顔を押し当て、オッパイに吸い付くムラマサ。

「OH！　NO！　AH！」

何故か彼女の反応は英語だ。すかさずムラマサ、自らフンドシの紐を解いて、そして！

「OH！　AA〜〜H！」

劇画はエッチしたまま、空高く舞い上がるブランコを逆光で描いていた。

ああ、僕も高校に上がったらこんな性春が待っているのだろうか……いや、なかった。

それから随分時が流れ、今年（2023年）、何とあの『生きる』の英国リメイク版が上映さ

れることに相成った。

もう、こちら性春も遠い昔。感動を取り戻すべく、早速、映画館に向かった。

日本での正式タイトルは『生きる　LIVING』。

ついつい語尾に〝デッド〟を付けたくなるが、劇中、老イギリス紳士が若い娘に付けられたアダ名が〝ゾンビ〟。

なるほど、それでも良かったのかもね。

ほぼ原作通りのストーリーだが、問題のブランコシーンで口ずさむのはスコットランド民謡『ナナカマドの木』だった。

また、泣いた。

でも、今度はようやく主人公の気持ちになって泣けた。

映画館の帰り道、公園に立ち寄ることはしなかったけど、50年近くSに貸したままになってる『高校生無頼控』がどうしても読みたくなり、古本屋のサイトで買い直した僕なんだ。

遠きにありて思ふテレ

「起立、礼！」

早速、授業を始めたいと思います。みなさん、着席して下さい。

〝ラブホ　スマホ〟（黒板に書く）さて、みなさんはこの違いが分かりますか？

（教室内、少し騒つく）じゃ、そこの眼鏡の方。

「はい。ラブホはラブホテル、スマホはスマートフォンの略です」

スマホの場合、フォンをさらに約め〝ホ〟としていますね。正解です。それでは、フォン以前の電話を何と呼んでいたでしょうか？　じゃ、そこのボーダーシャツのあなた。

「卓上電話機、ですか？」

そうですね。英語では〝テレフォン〟。フォンの上にテレが付いていました。さて、今日の授業はその〝テレ〟についてです。一体、どういう意味でしょう？

ほらほら、そこのあなた。すぐにスマホで調べちゃいけません。〝見るんじゃない、感じるんだ〟と、ブルース・リーさんならおっしゃるんじゃないのかね。

「照れながら電話で話す、とか？」

それで、照れフォン。なるほど、『笑点』なら、〝座布団一枚、山田君〟だが違います。

〝ｔｅｌｅ〟（黒板に書く）

テレとは、そもそもギリシア語の〝遠く、遠隔の〟という意味を持つ接頭辞です。ここは試験に出ますよ。ノートを取って。

テレビもその仲間なんですよ。正式にはテレ・ビジョン。今は世界を身近に感じるインターネットの時代です。若者のテレビ離れの原因はその名称にもあるんじゃないでしょうか。それと、もうひとつ遠きにありて思ふテレがあります。

80年代半ばに誕生した『テレクラ』というものです。

「テレ、クラ？」

『遠い蔵』なんて銘柄の焼酎じゃありません。〝テレフォン・クラブ〟の略称です。

「それは卓上電話機を陳列しているお店、ですか？」

間違いではありませんが、その店は掛かってくる電話を誰よりも早く取らなければ全く意味がないんです。

「オペレーターですか？」

いや、違います。フーゾクの一種です。掛けてくるのは一般女性ですが、それをベニア板一枚で仕切られた狭い部屋の中、我先にと受話器を取るのは男性客。話がまとまれば店外でデート出来ますから、そりゃ、必死にもなります。

「今で言う出会い系サイトのようなものでしょうか？」

いや、どうでしょう？　私はテレクラしか存じ上げませんから。

「当時、先生はそのテレクラの常連客だったんですか？」

いやいや、数回行った程度です。その中で電話を取れたのは一度だけ。それで精力を使い果たしたんでしょう。肝心の会話が全く盛り上がらず、先方から電話を切られてしまいました。でもね、ここでみなさんに伝えたいのは、人生、思いを遂げられなかったことのほうが長く記憶に残るということです。

「……」
これは余談ですが、その店の字体が、メタルバンドの〝アイアン・メイデン〟のものと少し似てるんですよ。たぶん、経営者がメタル好きだったんじゃないかと思います。
はい、時間になりました。それでは次回。

お残しは許しまへんで！

（軽快なＢＧＭが流れ）こんばんはイヴニング！　もしもし下世話相談室の時間です。早速、電話が繋がっています。先ずはお名前からどうぞ！

「あ、こんばんはイヴニング！　大阪のいっぱい出してと申しますぅー」

大阪のいっぱい出してサン、強烈なラジオネームですね。では、早速、お悩みを聞かせて下さい！

「あ、はい。私、結婚して半年なんですけどぉー」

ほう、新婚サンですね。そりゃ、いっぱい出してと願われるわけだ。それで？

「夫の変な癖に困ってるんですわ」

ハハァーン、変態じゃないかとお悩みなんですね。

「いや、そこまではいかへんのですけど、ちょい残ししよるんですわ」

ちょい残し？

「買ってきたジュースや缶コーヒーを夫はいっつも飲み干さんと、ちょい残し、しよるんですわ」

なるほど。それがお悩みと。ところで、ダンナさんはタバコをお吸いになりますか？

「昔は吸うとったみたいやけど」

たぶんそれはかつての癖が残ってるんじゃないでしょうか。喫煙者は灰皿がない時、空いた缶で代用することがあります。きっと、その時、消し易いようにちょい残ししておかれたのでは？

「いや、飲み物だけやなく、朝、トースト出しても食べ切らずちょい残ししよる。もうムカついてきてね。ええ歳こいて何をさらしとるねん!!」

いっぱい出してサン、落ち着いて下さい。そうですね、私を含め男には、少なからずそういう習性があります。関西の方なら〝遠慮のかたまり〟って言葉があるのをご存じですよね。その場の人々が遠慮しあった結果、大皿料理で最後に一つだけ残ったおかずのこと、またはそのような状況を指す言葉です。

「誰に遠慮しとるんですか、うちの夫は？」

ですよね。たとえが違いました。すいません。じゃ、この番組恒例、夜の生活についてお伺いします。

「そんなん連日連夜に決まってますやんか！」

ハハハ、ハッキリおっしゃいますね。でも、そんな大漁祭りみたいな日々だと、さぞかしダンナさんも大変でしょう。今、おいくつですか？

「夫はバツイチなもんで52です」

ありゃまあ。で、どうなんです？　あなたのラジオネーム通り、ダンナさんは毎度、いっぱい出されてますか？

「それが今ではそれほどでもないんです。どっかであいつ、浮気しとるんやろか？」

いやいや、そうじゃないと思いますよ。もう、ズバリ言っていいですか？　ダンナさんのちょい残しはあなた、いっぱい出してサンが原因ですよ。

「何で？　私、何にも悪いことなんかしてへんやんか！」

いや、悪いとは言ってません。ダンナさんは連日連夜あなたを愛するが故、フル出しでは身体が持たないと、小出しにする技を会得されたのではないでしょうか？

その余力の温存がちょい残しに繋がったわけです。だから、せめて週三ぐらいに抑えればその癖も——。

「何ぬかしとんねん！　アホ」〝ガチャン！　ツーツー〟

さあ、次回もみなさんからのお電話お待ちしております。それではシーユー！

ミジワのお告げ

〝度が過ぎる〟と〝度が進む〟は、似ているが違う。

どちらも物事のほどあいを示す慣用語ではあるが、前者は「人生エロエロ」的に言えば頻度、またはその内容の濃さを示す。特に学生などはそれによって学力の低下は否めず、青春ノイローゼの大きな原因となる。

後者は、メガネ人間なら当然、ご存じであろう。視力の低下を示す言葉だ。ぼやけて見えない、見え辛いといった症状。

早めに眼鏡店に赴き、度の合ったレンズと交換すべきであるが、少しくらい見え辛くなったからと言って毎回、替えていると、さらに度を進めることになってしまわないか？　そんな、疑念もある。

だから、しばらくは度の合ってないメガネで我慢。

その内、慣れるだろうと高を括っているのだが、ついつい凝視をしてしまう。

今回は、それに伴い発生する、または発生しがちな眉間の皺についてお話ししたいと思う。

皺は書き慣れない漢字故、シワと表記。小ジワに倣って、ここではミジワと呼ぶことにする。

僕がそのミジワを初めて意識したのは小学4年生の時だ。早過ぎではと思われるかも知れないが、それは己れのミジワではなく、その頃から俄然、大好きになった仏像のそれに対して。

奈良・東大寺の戒壇堂に安置されている四天王像。

ビートルズの如く〝4人はアイドル〟。黄色い歓声が巻き起こっても不思議じゃないほどの超カッコイイお姿。みな、ミジワをお寄せになっているのである。

特に僕がグッときたのは広目天。そのクールな表情がさらにミジワを引き立たせておられる。

僕はその頃、既にメガネっ子だったし、度が進んでいるのにレンズを替えていなかった。当然、像に寄ってさらに凝視。広目天よろしく、ミジワ寄せ拝観スタイルを取ったものだ。

でも、ソーヤングな肌は張りがある。それを日常に残すようなことはまだ、なかった。

以来、僕の中ではミジワ＝カッコイイ！　という構図が出来上がったのだろう。映画やドラマを観てもミジワがくっきりある（または出る）俳優じゃないと物足りなくなった。米映画で言えば『ワイルドバンチ』など、年配者がこぞって出演する作品はミジワの宝庫。

日本じゃ、やはり天知茂さんのミジワだろう。そのクールっぷりは決して広目天に引けを取らない。

それにミジワ好きは後、日活ロマンポルノにも繋がった。特に70年代の初期作品に多く見られる現象だが、それはあくまで濡れ場の演出、または演技上のミジワである。

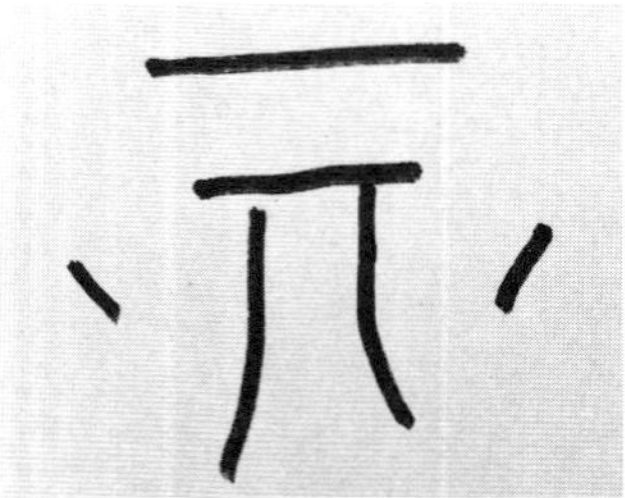

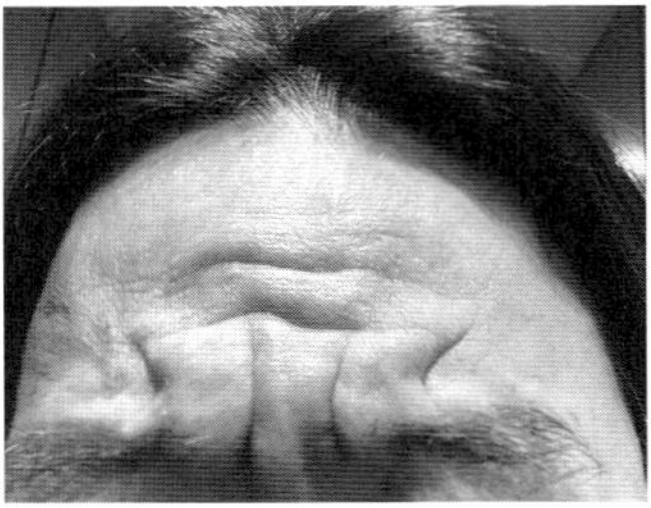

言うなれば大袈裟、度が過ぎた悶絶表現。でも、それが冠にロマンと謳った理由のひとつであろう。それを観て、ミジワがひとつも出ない実性活に、物足らなさを感じた輩もいたことと思う。

ところで、上の右の写真を凝視して貰いたい。

これは現在、僕が出してるミジワである。少し、力を込めているが、キン肉マンチックに見えやしないか？

10年ほど前には『米』と読み取れたミジワが変化しているのだ。何か、神のお告げだろうか？

この漢字の意味が分かる方がいたら是非、教えてほしいものだ。

ねえミーガン♥

マズイことにここ何週間、僕の頭はミーガンでいっぱいになってる。

それは、もうすぐ公開されるスリラー映画のタイトルであり、新ヒロインの名前。映画のチラシによると正式な表記は〈M3GAN〉だ。かつての『チャイルド・プレイ』のチャッキーや、『アナベル　死霊館の人形』など、悪霊が乗り移るドールものじゃないらしい。

ミーガンは心に傷を負った少女の親友になるようプログラムされたAI人形とも書かれてあるからだ。まだ、観てないので何とも言えないが、マズイことに僕はそのミーガンの顔がタイプなのである。ヘアスタイルもAV女優の風間ゆみさんよろしく巻きの金髪。

それで言ったらTHE　ALFEEの高見沢俊彦さんのヘアもグッとくる僕だからして、ミーガン人形のレプリカが売り出されたら買っちゃうと思うんだ。

よく出来たものだったらかなり値はするだろう。でも、そんなこと、1ドル百何円の時代にあって、1ドール70万円もするラブドールを買った僕が言うことではないけどね。

ラブドールの〝絵梨花《えりか》〟さんはこれまで何度も登場して貰ったのでご存じの方もいらっしゃると思うけど、初めてショールームで見た時、その制作会社の方が僕の質問に対し、絶妙な一言を返したものだ。

「こんなにリアルに作れるんだったら、いつかこのドール喋ったりするんじゃないですか？」

その方は少し微笑んで、

「それじゃまるで人形じゃないですか」

〝はぁ!?〟

その迷ゼリフに、少し戸惑ったが、今度はその方から、「アンダーヘアの方はどうされます？」と、聞かれ身構えた。それはもちろん、オプションの意味だからだ。

確か、植毛代は3万円だったと思う。

「それはいらないです」

と、僕が答えるとまたも返ってきた、

「それじゃまるで人形じゃないですか」

今度はマジ顔でおっしゃった。

僕のような素人には、そんなドールの定義が全く理解出来ず、ポカンとしてたらその方は、「マニアの中には植毛したものを自分でお剃りになりたい方もおられますからね」と、さらにDS、どーかしてることをおっしゃった。

で、ミーガンの話なんだけど、そのレプリカ人形もAIが搭載されてたらどうしよう？　今のは何だって出来るんでしょ？　もしや、男の妄想まで読めるシステムが組み込まれていたら、買った僕は殺されちゃうよ。

これは流石にマズイだろ？

だから、ねえ聞いてミーガン。

人間というものはさ、妄想も含め、全ての煩悩は滅却出来ないんだよ。煩悩とうまくつき合っていく、それが人間だとも言える。

それが理解出来ない君はそれこそ、

「それじゃまるで人形じゃないですか」

ＡＩを何だかんだ言って説得する、ま、そんな映画じゃないだろうけど、レプリカ人形出すならドキドキで買うね。

だって、好みのタイプなんだもん、君。

就職ガイダンス・エンプティ・ブルース

ＡＩを搭載した人形、ミーガン。

その顔がラブドールチックで気になると書いた前回。早速、その映画を観に行ったが、僕と似たような理由で来たに違いないオヤジたちで客席は埋まってた。

配給会社もそれを当て込んでか、スリラー映画には珍しくいろんな関連グッズを出していて、終映後、オヤジたちは売店になだれ込んだ。

でも、僕はそんなヘタなマネはしない。いや、マイルールとしてどんな映画も観る前にパンフレットは買っておくし、よほど気になっているものであればグッズの先買いもいとわない。

僕はそんな光景を尻目に、グッズを入れたエコバッグを下げ、大満足で映画館を後にしたのである。

平日の午後、よく行くラーメン屋に向かって歩いていると、突然、頭の中でこんな歌が流れ出した。

〝気だるい気持ちのまま／磨《す》りガラスを通して外が見える／どう考え込んでみても／いい方向に持っていけそうにない／もうごめんだよって言えなくなった午後／就職ガイダンス・エンプ

ティ・ブルース／就職ガイダンス・エンプティ・ブルース　ｏｈ　ｙｅａｈ♫〟
詞の内容とは随分異なり、３コードのアップテンポな曲調。特に、その歌のタイトルでもある『就職ガイダンス・エンプティ・ブルース』のとこはやたら気が上がり、口ずさんでしまいそうになる。

申し遅れた。これは大学時代に僕がエレキギターで作った曲。〝ボブ・ディランの歴史で言うと、フォークロック期に当たる〟と、ライナーノーツにはある。

いや、それは吹き込んだカセットテープを友達に渡す際、解説として自ら書いたものだ。

「お前がどうかしてんのは分かってるけど、就活を目前にこんな歌作ってる場合やないやろ」

それを聞かされたクラスメイトのひとりがそう言って僕の将来を案じた。

それでなくても単位が足りず、卒業すら危ぶまれてたからである。

「どうしたらええねん？」

「先ずはその長髪を切ることやろな」

それは、ロックを捨てることにならないだろうか？　と、思った。

「お前の場合は相当努力しなきゃ入れて貰えないだろうな」

僕はそれをすっかり入学と挿入で済ませた気になってたんだ。

だから、クラスメイトのほとんどが出席した就職ガイダンスの最中に、こっそり僕は詞を書

いた。

2番はこんな調子だ。

〝身体は日本に／感じだけでもアメリカが見えるぜ／どうなっちゃうか分からぬような／そんな方向に持って行けそうな／もう全て捨てて来たって言ってみたい午後／就職ガイダンス・エンプティ・ブルース o h y e a h♫〟

それがどうして映画『M3GAN／ミーガン』を観た後に浮かんできたのか？ 僕はラーメンを食べながら考えた。

〝近い将来、人間の仕事をAIに奪われてしまう時がくる〟そんな昨今のニュースを耳にしたからか？

いや、そんな大層なことじゃない。結局、一度も会社に入れて貰えなかった僕は、きっと今でも平日の午後が不安なのだ。

〝不安タスティック！〟

そうそう、写真を見てよ。これが映画館でゲットしたグッズなり。

ボクの竹輪

唐突だけど、竹輪が好きだ。

特に竹輪の磯辺揚げは、僕がミシュランガイドの人間だったら必ず三ツ星を差し上げる。

その場合〝どこの店の――〟というところが重要だろうが、竹輪の磯辺揚げだったら、どこのだっていいのである。最近は冷凍食品のそれも出来が良く、たまにスーパーで買ったりしてる。

そもそも、いつからそんなに好きになったのか?

80年代半ば、ハドソンが発売したファミコンソフト『忍者ハットリくん』。

ちなみにその副題は〝忍者は修行でござるの巻〟。それを夜を徹してやっていた頃はもう既に竹輪好きだった。面をクリアした後に出てくるボーナスステージ。鳥居の中央に石段があり、その上からハットリくんの父上が竹輪を何個も投げてくるのだ。

それをキャッチすると点が増えていくシステムなのだが、ここではボーナスという言葉を鵜呑みにしちゃいけない。父上はたまに竹輪に混ぜて鉄アレーを投げてくるのだ。それに当たると、数秒ではあるがハットリくんは気絶してしまう。その間は好物の竹輪を取ることが出来ない。

しかし、ここで毎度思ったのは、竹輪好きなのはハットリくんじゃなく、連れてる犬（獅子丸）のほうってことだ。漫画では、獅子丸が池で溺れていたところに、ハットリくんが弁当のおかずに入ってた竹輪を投げ、それをくわえた獅子丸が水遁の術を使い助かった。

それ以来、竹輪が大好物になったのだ。

ま、そこは初期のファミコンソフト。テキトーなのである。

そんなことより、このボーナスに見せ掛けた修行。かなりやり込んだ僕でさえ、夜通しやっていると疲れて手元も狂う。

〝それにしても腹が減ったなァー〟

そんな雑念も鉄アレーを何個も食らう原因となる。

努めて音量は絞り、ひとりごとも慎んでるつもりだったが、眠い目を擦りながら彼女が居間に現れ、

「まだやってんの！　バカじゃないの」

と、背後から罵声を浴びせることもよくあった。

〝だって、竹輪を取らないといけないんだよ〟

そんな言い訳が通用するとは到底思えない。

彼女の機嫌をたちどころに直す術はないのだろうか？

僕は、ハットリくんには分からない修行をしてる気がしてた――。

話を竹輪に戻すけど、磯辺揚げと言っても食材は竹輪だけではない。

でも、〝打ち出〟とくりゃ〝小槌〟のように、竹輪は磯辺界を牛耳ってるわけだ。

これってスゴくないか！

ちなみにこの写真は、僕が生まれて初めて作った竹輪の磯辺揚げ。お間違えなきよう。

それに比べて昨今のマイ竹輪はどうなんだ？

そりゃ若い頃は無闇矢鱈に硬くなるマイちくに振り回されっぱなしだったけど、この賞味期限がすっかり切れているに違いない今の状態。

見る度に取り外せないものかと思っちゃう。

もし、そんな術があったなら、教えてくれよ、ハットリくん。

その時僕は磯辺揚げにするつもりだから。

クリソツな匂い

私、栗の花の匂いが嫌いなんです。気分が悪くなっちゃうし、あの彼のことを思い出しちゃうから。その頃、彼は駆け出しの劇団員で、セリフはほとんどなかったけどルックスが可愛くて、つい、ファンになっちゃったんです。

私の名は優子。そう、学生時代はお芝居を観るのが大好きだったんですよ。

「ねぇ、絶対あなたも気に入るから観に行こうよ！」

って、今で言う推し活もやってました。

そんなある日、奇跡のようなことが起こったんです。劇場帰り、友達とたまたま立ち寄った中華料理屋さんに、しばらくしてから劇団員のみなさんがゾロゾロ入ってきたんです。

「今日、芝居の千秋楽だから、きっとここが打ち上げ会場だったのよ。優子、またとないチャンスよ！」

友達に言われ私、勇気を出して彼のいる席に向かいました。そして、「あ、ファンです……」と伝え、写メをお願いしたんです。その時、少し年配の劇団員さんが「もし良かったらこっちでいっしょに飲みませんか？」と、おっしゃって。それで私、友達も呼び寄せ、お言葉に甘えることにしたんです。彼は始終、照れ臭そうにしていましたが、最終的にメアド交換をOKしてくれました。それから数日後、何と彼のほうからデートのお誘いがあったんです。私は喜んで当日、勝負下着で出掛けました。

「ごめんなさい。お金がないもんで……」

彼は済まなそうな顔で言いました。それはデート先が都心から少し離れた森のある公園だったからです。

「うぅん、私、公園が大好きだから」と、返したまでは良かったのですが、森の中にあったんでしょうね、アレ、栗の木が。

プィーンと生臭い異臭がして、私は気分が悪くなってしまったのです。

「どうしたの？　大丈夫？」

彼は心配そうな顔で、「だったら公園はやめて、うちのアパートすぐそこですから、来ませんか？」と、誘ってきたんです。

その時、わざわざこんな所まで私を呼んだ理由が分かりました。彼もヤル気だったんですね。

それで二人は結ばれました。でも、私が戸惑ったのは行為を終えた後、彼の態度が急変したことです。

「なぁ、さっき公園で気分悪くなったの栗の花の匂いのせいじゃないのか？」

口調も少し荒くなり、「アレってさ、コレの匂いとクリソツだもんな」と、言って床に落ちた使用済みのゴムを指さしたのです。

「キモイからやめてよ、そんな話！」

私がそう言って顔をしかめると、

「何、カマトトぶってんだよ」と、彼は吐き捨てるように言ったんです。

そりゃ私も薄々気付いてはいましたが、初デートでその発言はないでしょ。だから彼とはそれっきり。劇場通いもやめました。

しかし、毎年あの匂いを嗅ぐ度、思い出しちゃうんです。

〝精液の匂いはスペルミンの分解物によるものと考えられている――〟

〝栗の花の匂い成分は不飽和アルデヒドであり――〟

一度、ネットで調べてみたんですが、難しいことばかり書いてあって……。

でも、これだけは何となく分かったの。クリソツは言い過ぎだったって。

貴方が冒険着にきがえたら

拝啓　インディ・ジョーンズ様――

初めまして私は日本に住む65歳の男です。先日、貴方の新作映画を拝見、思わず筆を執りました。70代になられ大学の教職を退かれた貴方は、今回が最後の冒険になると宣言されていますが、ご冗談でしょ？　そりゃ日常は老人っぽく振る舞っておられましたが、あの冒険着に着がえた瞬間に、ジョン・ウィリアムズのテーマ曲が〝パンパパッパ～♫〟。貴方はインディ・

ゼェーット！　ちなみにZとは絶倫の意。夜のほうもどうやら現役のご様子だったものでね。思い起こせば1作目『レイダース／失われたアーク《聖櫃》』。私はまだ、就活に戸惑いを隠せない大学生でした。「そんなことで悩んでないで冒険しようぜ！」と、貴方に背中を押して頂いた気になって、獣道《フリーランス》に分け入る覚悟を決めたんですから。

そうそう、こんな本（上の写真）が日本で出版され

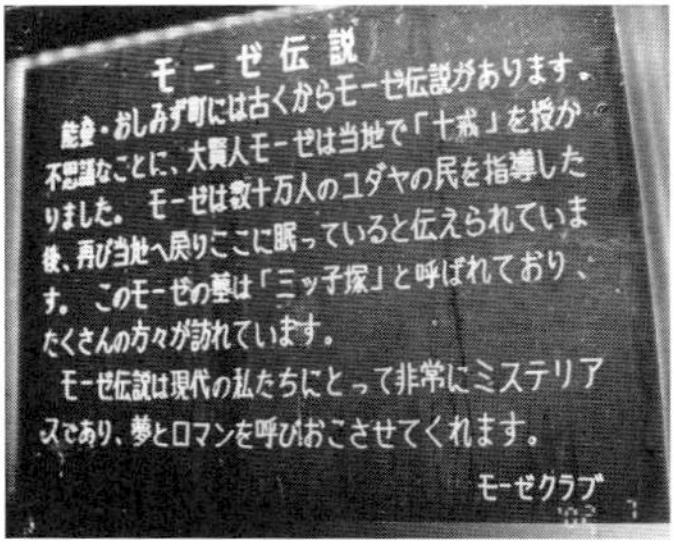

てましたよ。ご存じないでしょうが、貴方のパロディであることは間違いありません。それほどデビュー作が鮮烈だったってことの証明です。

そして『インディ・ジョーンズ／魔宮の伝説』、『インディ・ジョーンズ／最後の聖戦』、『インディ・ジョーンズ／クリスタル・スカルの王国』と、続くわけですが、今、改めてそのタイトルを見ると、3作目にして既に〝最後の〟と謳ってますよね。

本当、冗談好きなんだからもう！

それで私は確信を持ちました。

貴方の冒険好きは死んでも治りません。どこの病院に行っても同じことを言われるでしょう。

で、ここからが本題なんですが、もし、次の冒険先が決まってないのであれば、私の住んでいる日本に存在する〝キリストの墓〟（青森県）と〝モーゼの墓〟（石川県）を調査して頂けないものでしょうか？

同封した写真2枚は私がかつて現地で撮影してきた看板です（右ページの写真）。

どうです？　シリーズ最大の冒険になることは間違いないでしょ！

それにキリストとモーゼは、〝天空浮船《あまのうきふね》〟という乗り物で、地元とこの地を行き来していたというんです。おそらくそれは時空をも超える乗り物だったに違いありません。

キリストは日本で１０６歳の天寿を全うしたという伝説も、『インディ・ジョーンズ／最後の聖戦』の聖杯（それに注いだ水を飲むと永遠の命が約束される）と、何らかの関係があるのでは？

〝パンパパッパ～♫〟

貴方は来る！

仮のタイトルは『インディ・ジョーンズ／何故か日本』。

今はそれくらいにしておきましょう。

詳しい資料と地図は追ってお送りします。

ご健闘をお祈りします。

仏像大使トークショー（予想版）

今回は少し仏像大使について考えてみたい。そのマグマ大使みたいなものが何であるか？奈良国立博物館で開催中の『聖地　南山城《みなみやましろ》―奈良と京都を結ぶ祈りの至宝―』展（２０２３年７月８日～９月３日）に於いて、我々〝見仏記《けんぶつき》コンビ〟（いとうせいこう氏と僕）がそのアンバサダーを務めている、そういうことなのだ。とは言っても、主な仕事は新商品企画。今回も５品ばかり売店に用意させて貰った。そして、それに伴う二人のトークショーがこの週末に控えてる。そこで、新しい試みとして、そのトークショーがどんな流れになるか？　僕が予想してみたいと思うのだ。当然フリートークだが、長年やってきた仲。おおよそ見当は付く。これから示す予想の台本を読んで頂きたい。

い：どうも、いとうです
み：みうらじゅんと申します
い：しかし、こんなに来るかね、２階席も埋まってんじゃん（笑）
み：それだけ今、南山城の仏像が熱いってことだね
い：そういうことなの？（笑）（舞台の中央には赤いリボンで繋がれたポール２本）

み：先ずは開催祝いのテープカットと参りましょう
い：随分前から展覧会は始まってますけどね（笑）
み：テープカットは何度しても目出たいですから（笑）
（ここで二人、おもむろにポケットからマイ・シザーを取り出す）
い：我々、テープカッターズってコンビでもありますから
（テープを切り終えたところで下手から関係者が出てきて、2本のポールを撤収）
い：そろそろ始めようよ
み：ですね。じゃ舞台を暗くして下さい（舞台奥、大きなスクリーンに1枚目の写真が映る）
い：のっけからスゴイの出したねぇ（笑）
み：これは我々が今回のために考案した牛頭天王《ゴズテンノウ》キャップ。これは流行るよね！
い：でも、これをゴズって読める人はいるのかね？
み：ライアン・ゴズリングくらいかね
い：ってそれ、映画『ラ・ラ・ランド』に出てたほうでしょ。ゴズはゴズでも関係ねぇし（笑）
み：奈良の展示には2体もゴズ、ご登場です
い：ゴズテンといや、京都の八坂神社が有名ですけどね
み：そうそう、まだ八坂神社が祇園社と名乗ってた頃の主祭神でしたからね

い：スサノオノミコトと神仏——

み：シュ〜〜ゴウ〜！

い：いやいや、その言い方、ドリフの全員集合だし（笑）

み：せっかく神仏習合したのに明治の神仏分離令でしょ、かわいそうだよ

い：それで異端神として現在に至る。密教系だもんね

み：大威《だいい》徳明王《とくみょうおう》に似てるよね

い：だね。五大明王の一体。確かに牛に乗ってるし

み：そんな異端神が何と、令和でキャップになるとはお釈迦様でも——

い：知りませんってね。でも、ゴズテンは防疫神でもありますから今の世にもバッチリだよ

み：キャップの後ろに〝GOZU〟の刺繍も入れたし

い：ヘビィメタル感ね

み：それが何と、4400円！　レア商品故、お早めにお買い求め下さいっ!!

い：って、通販番組かよ（笑）

いい走馬灯のために

〝1個入れると2個出る〟

これ、老いるショックの習性なり。だから、若者ぶって新しい情報を覚えると大変な損害が出る。たとえば「あーね」「それな」「知らんけど」、この3つ。正しい使い方を覚えた段階で6つも老いるショッカーの頭から今まで大切にしてた記憶がトコロテン式に抜け落ちることになる。それは何故か？

答えは至極、簡単である。もはや記憶の容量がパンパンだからだ。

パソコンのデータであれば、移植・保存が出来るのであろうが、そこは人間だもの。一生分の容量は決まってるはず。まだ、脳のことはよく分かっていないと学者は言うけど、僕は結局、80枚しか走馬灯には出てこないと踏んでいるのだ。

数の単位が枚なのは、僕が長年、スライダーをやってきたからに他ならない。スライダーとは、スライドを用い講演する者の名称。パソコン用語にもスライドショーというものがあると聞くが、その初めはスライド映写機を会場に持ち込み、それをスクリーンに投写して行っていたもの。

その映写機のスライドフィルムを入れ込むスリットが80。要するに1台につき80枚しか入れることが出来ないのである。

だからと言って、若者の容量がそんな少ないわけはない。いや、僕が言いたいのはそんな旧式スライド映写機同様、老いるショッカーがいずれ見るだろう走馬灯も80枚に限られてる可能性があるということだ。

厳選80枚とも言えるが、自分の意志でない場合も考えられるし、時系列で80枚の記憶が脳裏スクリーンに投写されるとは限らない。たぶん、走馬灯はシャッフルだ。人によってスライドフィルムが替わる速度も違うだろうが、イメージとしては小林克也さんがVJを務める番組『ベストヒットUSA』。そのタイトルバック（レコードのジャケットが次々に流れてくる）に似て、かなりの高速で記憶が浮かんでは消える。

〝おいおい、それ、俺の思い出じゃねぇーよ！〟

そんなヘマもあるだろうが、文句を言う間もなく終わってしまう。後の祭りとは正しくこのことである。

だから、先に例として出した「あーね」「それな」「知らんけど」を、今更学習してる場合ではない。

それに、自分しか見られないたった一度の上映会だ。現世では当然、R指定が入る記憶も数

に入れておきたいところだが、
〝あん時のセックスは最高だった！〟
なんて記憶はあっても、その時のパートナーの名前が出ないようじゃ、スライドからはじかれる恐れがある。基本、走馬灯制作サイド（先ほど述べたように無自覚の場合）が、リアリティを重要視してくるに違いないからだ。ここは生前の内に抜け落ちた記憶をどうにか甦らすしかない。

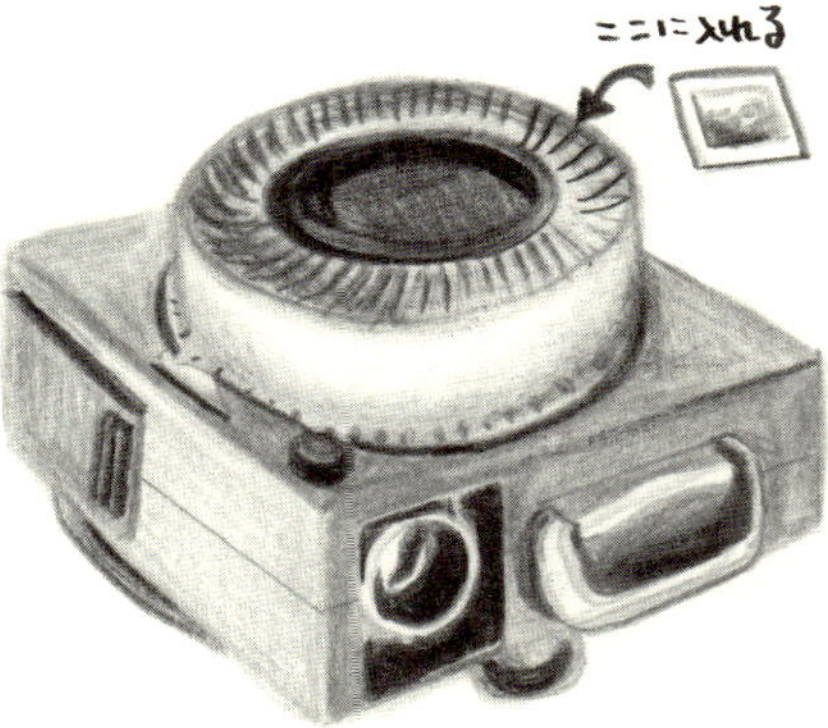

その頃の友人知人に久しぶりに会い「あのコの名前、何だっけ？」と、聞いてみるのも手だが、亡くなる寸前にその名を叫んでしまい、遺族を困惑させることも考えられる。

〝じゃ、どうする？〟

現時点で僕、スライダーが言えることはこれだけだ。

（柳沢慎吾さんの声色で）

「いい走馬灯見ろよ！」

ある暑い夏の日

風太くん、二十歳《はたち》になったんだって。おめでとう！

いや、人なら80歳をゆうに超えてるって……。

改めますね。風太さん、おめでとうございます！

あなたは２００３年に静岡市内の動物園でお生まれになり、翌年、千葉市動物公園に来られたそうですね。そして、あの背筋をピィーンと伸ばし、後ろ足で直立される珍しいお姿で大ブレイク！　缶コーヒーのＣＭにも登場されましたよね。もちろん存じております。

風太さん、僕はあなたが誕生された年は45歳でした。ようやく仕事も軌道に乗り始め、多忙な毎日を送っていたのですが、それで調子に乗り、自業自得な悩みも多く抱えておりました。

実写で映画化された年でもありました。自作漫画『アイデン&ティティ』が、
そんな時、ふとあなたにお会いしたくなって千葉行きの電車に飛び乗ったのです。今ほどではないにしろとても暑い夏のある日でした。

当然、動物園に着くと真っ先にレッサーパンダの所に向かいました。既に人だかりが出来ていて、後ろのほうからでは全くあなたの姿は見えなかったのですが、時折、「おーっ！」とい

う歓声が沸き起こりました。

きっと、あなたがお立ちになりそうだったんでしょう。しかしすぐに歓声は「あーあ……」という落胆の声に変わりました。

あなたにとっては「そう易々と立ちませんよ」という、フェイントだったんでしょうか？

僕は結局、少し人がはけよく見える場所に移動するまでに1時間近く要したと思います。

それでもあなたは一度もお立ちにならなかった。

そりゃ、気分が乗らない時もおありでしょう。何もサービスのつもりでやっておられるわけじゃないんですものね。

しばらく僕もカメラを構えてたんですが諦めました。そして、その足で売店に向かったんです。

驚いたのは予想を遥かに超えるグッズの多さ。一瞬、戸惑いましたが〝えい！〟と気合いを入れて品々をレジに運んだものです。

大きなビニール袋を2つも下げ、これから動物園を回る気になれず、僕はそのまま帰りのモノレールに乗り込んだのです。モノレールの席は座席が向かい合ってますでしょ。結構、混んでいて親子連れといっしょになったんです。

子供はすぐさま気付きましたよ。だって、床に置いたビニール袋からあなた（ヌイグルミ）の

頭が飛び出していましたから。そして「これが欲しかった」と、半泣きで父親に言ったんです。

「今度、来た時にな」「今、買って！」「もう無理だから」などと、その会話は目の前の僕にグサグサ刺さってきました。

〝差し上げましょうか？〟

何度も、のどまで出かかったのですが、僕は寝たフリを決めました。だって、そのヌイグルミ、一番高いものだったもんで。

そうそう、あなたは２０１８年に白内障を患われたんですって。実は僕も2年前に白内障を発症したんですよ。お互い、老いるショックには敵いませんよね。

それにあなたには現在、10頭の子供と、六世代目の来孫までおられるそうじゃないですか。

どうぞゆっくりと余生をお送り下さい。

蛇足ですがあの頃、僕の悩みは立つじゃなく、勃ち易い、いや、勃ち過ぎることでした。

真夏の再訪

前回、千葉市動物公園にいるレッサーパンダの風太くんのことを書いた。それでまた、会いたくなって朝から千葉行きの電車に乗った。

千葉駅からモノレールに乗り換える。しかし、動物公園駅で降りたのは数人で、日曜なのに休園日なのかと心配になったが、やっていた。入園料はシルバーだと無料。そんなこと、以前は気付きもしなかった。だってその当時、僕は40代半ばだったから。得意気にチケットカウンターで保険証を差し出したら、これは千葉市在住のシルバーのみですと言われる。

それにしてもクソが付くほどの暑さだ。園内に入るとすぐ〝カフェはぴはぴ〟(現在は閉店)に避難した。そこで美味しいカツカレーと、こんなカードを頂く(上の写真)。

食後、風太さんの家に向かった。

あなたは高齢でもう人前に姿を現さないのでは？　でも、そんな心配はいらなかった。レッサーパンダの敷地内、新しく建てられたものだろうその小屋の中で横たわっているのは風太さんで間違いなかった。決め手は数年前に患ったと聞く右目の白内障。お辛いでしょうに観客が見える方にちゃんと顔を向けておられる。

〝お久しぶりです〟僕は心の中で挨拶をした。そして、今まで多くの観客を楽しませてこられたスターのあなたに〝お疲れ様でした〟と。

それからしばらく小屋の中を見つめていたが、長居するのも悪い気がして、僕は売店のほうに向かった。

予想通り、20thアニバーサリー・グッズが何点か出てた。そこで限定フィギュアと、少し悩んだが立てると50センチくらいの抱き枕風クッションを買った。

悩んだ理由は2つ。結構、値が張ったことと、持参したバッグでは風太さんの顔部分がハミ出してしまうだろうから。

入れてみると案の定、ハミ出した。それは仕方ない。グッズ好きの宿命だ。

しかし、クソ暑い。そのまま帰ろうと思ったが、やはり名残惜しい。風太さんの所に引き返した。

「立つんじゃないの？」

「立つわけねぇーだろ」

と、一組のカップルが騒いでる。どうもカップルだと下ネタのように聞こえてしまうが、そうじゃない。風太さんが小屋から出てよたよたと歩いていたのだ。

一体、どこに行くんだろう？　その姿を写真に収めながら見守った。

きっと、時間がくれば奥にある小窓が開くシステムだ。中で休憩や食事を取るのだろう。そこに続く橋を渡り、風太さんは姿を消したが、数分後またその小窓からちょこんと顔を覗かせたのはファンサービスに違いあるまい。

〝エライなあ風太さん！〟

モーレツに感動した。

帰りのモノレールはガラ空きで、向かいに親子が座ってくることはなかった。

オカンとトムと、時々、バイク

「あんた、何回も電話したけどちっとも出ぇへんやないの、どないしたんや？」

どないもこないもあるかいな、仕事中は出られへんって、言うてるやんか。

「それにしても1年ぶりと違う？　あんたと喋るの」

ちょっと待ちいや。先週、喋ったやないかいな。

「そうか、私、ちっとも覚えてへんわ」

まぁ構へんけど、何か用事でもあるんかオカン。

「用事なんかあるかいな。あんたの声が聞きたいだけやんか」

あんな、今も打ち合わせ中なんやから。（あ、すいません、すぐに……）

「今、どこにおるん？」

ノルウェーやがな。

「ノルウェーってあんた、そこで何しとるんや？」

いや『ミッション：インポッシブル／デッドレコニング PART ONE』の撮影中やし。

「あんた、また命知らずなことやろうと思てんのと違うか？　お母さん、そんなこと聞いたら心配で寝られへんやないの」

だからいつも言うてるやんか。それで観客喜ばすんが仕事やて。

「そやけどいくつになっても子供のことは心配なもんや。あんたも子供が出来たら分かるわ」

オカン、何言うてんねんな、とうにおるがな子供。

「そうやったかいな。でも、あんたは若いから親の気持ちが分かってへんな」

って、もう還暦越えてるでオレ。

「偉そうに言うけど、お母さんより歳下なくせに」

そら、そやろ！

「1年ぶりと違う？　あんたとこうして喋るの」

だから、先週喋った言うてるやんか。（……OK、監督、どうにかやってみる）

「今、どこにおるん？　あぁ、ノルマンディーやったな」

ノルは合《お》うてるけど、ノルウェーな、オカン。イチから説明してる時間はあらへんさかい。

「あれやろ、何たらインポの撮影やんな」

うーん、ミッション：インポッシブルな。

「まだ、あんた、バイクに乗っとるんか？」

あぁ、好きやしな。

「エリック君から買《こ》うたんや。よう覚えてるで」

確かに最初はハイスクール時代の友達から譲り受けたけどな、そいつと違うし、エリックって誰やねん？

「エリック君やん。忘れてしもたんかいな背の高い」

いや、だから知らんて。

「ほら、電気屋さんの」

もう、ええか。スタッフがスタンバイしとるんや。

「あんた、一回注意しとかなアカンと思とったんやけど、今後バイク乗る時はヘルメットかぶりや」

いや、ふだんはちゃんとかぶってるって。でも映画ではな、かぶると誰が運転してるか分からんやろ。

「ええがな、誰でも」

だから、スタントマンは使いとうないんやて。

「ホンマに意固地やなぁ。誰に似たんかいな」

オカンと違うか？

「あんた、よう言うわ（笑）」

〝トムさん、そろそろお願い出来ますか？〟

ノルウェーで地元の人々に〝トロールの壁〟として知られる場所。高さもあるし、崖は垂直に近い。

そこに設置された傾斜台からバイクジャンプを決めるのだ。いつも通りノーヘルだが、パラシュートを背負っている。

オカン、またな。今度はオレから電話するさかい。

そしてバイクは疾走し、崖を飛び越し、宙を舞った――。

それにしても誰や、エリックって……。

ランバダパンダ

先日、横浜の中華街をぶらついていると、どこからか微かにランバダのメロディが聞こえてきた。

ランバダとは80年代後半、日本でも大流行した南米のダンスミュージックだが、中華街のそれはやたらキーの高い電子音で奏でられてた。

〝ピピーピピピピ　ピピピピピピピピピ　ピーィ♫〟

少し音が重なって聞こえるが、あの哀愁あるフォークロア調のランバダに違いない。しかし、残念なことに滑稽さを醸し出してしまっているのは短い小節のリフレインだからだ。

これではスーパーマーケットでよく流れてるBGM〝ポポポポポーポポポポポー♫〟（機械名・呼び込み君）ではないか。

呼び込み音楽としてはちと、ランバダは切な過ぎると思うのだがどうか？

最近、僕は耳蟬を飼ってる。昨年から夏が過ぎても耳の中はずっと蟬時雨（病院で耳鳴りと診断）なのだ。それでも確実に音を拾い、思いを馳せているのは当時からランバダが好きだったからにほかならない。ここで間違って貰っちゃ困るのは、あくまでそのメロディをであり、吾輩の辞書にダンスという文字はない。

特にランバダのダンスはキョーレツだ。これは単なる耳学問だけど、ディスコではペアの男女が身体をくっ付け、腰をくねくね動かしながら踊る。しかも時折、片脚を相手の股の間に差し込み、お互いの局部を刺激するように擦り合わせるんだってよ。

それって、ほとんど公然わいせつじゃん！

「合意のもとであれば、そんなこと、ラブホでしろ！」

と、叱られたのか、流行った当時、ランバダを踊ることを禁止するディスコもあったと聞く。

〝ピピーピピピピ　ピピピピピピピピ　ピーィ♫〟

出元が気になり捜しているが、だんだんと音が大きくなってきた。どうやら大通りの店ではなさそうだ。路地を曲がると土産物屋のビル。

その店先に出された白いワゴンの中でそいつは、

〝ピピーピピピピ♫〟

と、耳が痛くなるほど鳴いてた。いや、厳密に言えば鳴いているのではない。

稼動すると同時に体内に仕込まれた機械がランバダのメロディを流す仕組みになっているに違いない。しかも、そいつだけじゃなく、もう一体いる。音がダブって聞こえたのは二体同時にランバダを奏でていたからだ。

間近で聞く不協和音はイラつきさえ覚えた。

〝ゾロでやれよ！〟

僕は堪らずスイッチを切るべくワゴンの中から一体、摑み上げた。すると、店の奥から、

「イラッシャイマセ！」

と、大きな声でおばさんが出てきた。

僕は慌ててワゴンに返そうとしたが、

「ソレ、フタツカウカ？」

と聞かれたもんで思わず、

「いや、ひとつで」

と、口が滑ってしまった。


家に帰り、考えた。

もしや、わざと不協和音にして僕のような客を呼び込んでいたのかも知れないと。

床に置き、腹の部分にあるスイッチを入れてみたが、ここでも音の大きさに仰天し、以来、一度もこのパンダには触れていない。

自由な小鳥たち

〝知り合う、見つめ合う、抱き合う、つき合う……〟

果たして恋愛とはこの順番で合っているのか？　いや、つき合う前に抱き合うがくるのは変か？　高校1年の時、そんなことをよく考えた。恋人がやたら欲しかったが、どうすりゃいいのか分からず、ただ悶々としてた。でも、そんなこと、リスナーにだけはバレたくない。だって、僕はその頃、恋人とつき合ってる体《てい》で歌をたくさん作っていたから。

リスナーといっても一人。小学校の同級生だった。彼もギターを弾き、オリジナルソングを作ってた。それを録音したカセットテープを貸し合い、聞き合いしていたのだ。

その年の夏休み、予《かね》てからの約束だった小豆島への旅が実現した。もちろん二人、ギターを下げてのフォーク旅だ。

「ミュージシャンなん？」

民宿のおばさんが開口一番聞いてきて、彼は「ま、そんなとこです」と、笑顔で返した。

六畳ほどの部屋に通されると、僕らはすぐにケースからギターを取り出した。僕は「あんな、実はこの日のために作ってきた歌があるんやわ」と、言った。

「旅のテーマ曲け？」

「ま、そうやな。だから、歌に出てくる〝あのコ〟とは、つき合《お》うてる彼女のことと違《ち》ごて、これはお前のことやし」

一瞬、変な空気になったが、「何でもええさかい早よ聞《は》かせろや」と彼が言ったもんで、僕はGコードから始まる陽気なメロディを弾き、歌い出した。

〝今年の夏にはあのコと共に／旅に出かける島巡り／風に誘われ僕らの心／僕らはいつでも自由な小鳥
僕がギターをつま弾けば／あのコが歌を唄い出す／雲は流れて旅は続く／僕らはどこでも自由な小鳥♫〟

「ええ曲やんか」

と、言って彼はギターを抱え、曲に合わせ弾き出した。

「最後のフレーズはハモろうや」

などと二人は盛り上がり、部屋が薄暗くなるまでライブは続けられた。

「あんたら、ホンマに仲がええなぁー」

夕飯の時、おばさんに言われ、僕らは顔を見合わせ照れ臭そうに笑った。

その光景が、僕の考える恋愛の第二段階に似てたたのだ。

そうか。問題なのは〝抱き合う〟の後先ではない。〝見つめ合う〟前に意思の疎通〝分かり合う〟を入れるべきなんだと思った。

「ご飯終わったらお風呂に入って。二人ではちょっと狭いけどな」

民宿だからそれは家族風呂だった。でも、僕らはいきなり〝抱き合う〟に発展してもおかしくない狭い浴槽に浸かった。そして、今度はアカペラで旅のテーマ曲を歌い出すのだった。

浴室は裏路地に面してた。半分開いた窓に人影が見えた。たぶんおばさんだろうと思った次の瞬間、何と窓の外から拳《こぶし》大くらいの石が投げ込まれ、二人はビックリ仰天。

幸い洗い場のほうに落ちたのでケガせず済んだが、それでテンションはガタ落ち。歌うことをやめた。

結局、犯人は分からず仕舞で旅を終えたが、〝仲が良過ぎると痛い目に合うことがある〟。

そんな教訓を得た自由な小鳥たちであった。

「エロ大」長文読解

【問題】次の文章を読んで、最も適切だと思われるタイトルを後のⒶ～Ⓓの中から1つ選び、その記号を記入せよ。

〝エロ大学　文学部　過去問より〟

〝エッチの後、ベッドでぐったりしていると、彼女がおもむろに起き上がりバッグを手に戻ってきた。その黒い革製のバッグは表面にたくさんの鋲《びょう》が打ち込まれていて、とても印象的だった。その様子を薄目を開け窺っていたが、「ねぇ、コレ、見てちょ」と、バッグの中から取り出したものは一枚のＣＤだった。

「デビューアルバムなのじゃ」と言ったので、てっきり彼女がやってるバンドのものかと思ったが、そうじゃない。ジャケットをよく見るとド派手なメイクをした男４人がポーズを決め写ってた。

「誰のアルバム？」と、聞くと、「彼氏がやってるバンドじゃ～」と、言った。

彼女とエッチしたのは今日が初めて。どういうつもりでそんなものを得意気に見せるのか。

「へぇー」と返したものの、さらに意味が分からなくなった。もはやどうでも良かったけど、

「どれ、彼氏？」と、聞いたら彼女は嬉しそうに「コレ！」と、メンバーの一人を指さした。メイク越しにもその顔は一番歳を食ってる感じがした。それで、

「たぶん彼氏はリーダーだね」

と、指摘したら、彼女は「何で分かるの!?　超能力!?」と、言って笑い転げた。

その時、深く物事を考えないサバサバした性格なんだ。決して悪いコではないと思った。

「言ってもインディーズ・レーベルだけどさ、ここまでくるのにどれだけ苦労してきたことかトホホーッ」

始終ふざけ口調だが、まるで自分のことのように言うのは、きっと彼氏に尽くしているからだろう。

「本当、良かったよなCD出せて」

つい、情が移ってしまい、そんなことを口走ったら、「記念にどう？」と、またしても変なことを言い出した。

いらないと即答するのも何だから、「そんな大切なもの貰う筋合はないよ」と、返すと彼女は呆れたような顔をして、「あげるなんていつ言った？　買ってよ！」と、いきなり強い口調になったもので、少し怯《ひる》んだ。

「おつりがないので今なら2000円にまけとくからさ」

それで買うしかなくなったのだ。

家に帰り、当然聞く気はなかったが一応、ケースを開けた。てっきり最近出したものだと思っていたが、発売日のクレジットを見ると随分、昔のものだった。

彼女はもしや行商みたく常時、持ち歩き売りさばいているのだろうか？

以来、彼女とは二度と会うことはないだろうと思っていたが、数ヶ月後、バッタリ街で出くわした。「お久ーっ！」と彼女は陽気に声を掛けてきたが、男と腕を組んでた。

それで「おぉ」と返しただけで別れたが、例のバッグは見落とさなかった。

これは決して超能力じゃないけど、中にCDは必ず入ってる。それに、あの男はジャケ写のリーダーではない。いずれ買わされるんだろうなと思った〟

Ⓐラブホにて　Ⓑ一期一会　Ⓒ越後湯沢　Ⓓエッチ後一枚

さざえのウンチ

他人の好きなものに対し、「え、何で？」と、聞き返すのはあまりよろしくない。特につき合ってる彼女の場合、それで機嫌を損ねられたら後が大変だからだ。でも、これはどうか？　大好物の食べものを聞いたところ、飛び出したのは、「断然、さざえだね！」

すぐさま、「美味しいもんね、アレ」と、返したが貝にも色々ある。僕もさざえは好きだけど、それを限定で言い切る理由が知りたくなった。

「やっぱさざえといや、壺焼きだよね」

手掛かりになるかと振ってみたら彼女は、

「私は断然、刺身派だけどね」と、オヤジみたいなことを言う。そんな時、僕の悪い癖はジェラシーだ。きっと以前にポン酒好きのオヤジとつき合ってたんだろうなと、少しテンションが落ちた。僕も何かの宴会でさざえの刺身は食べたことがある。気を取り直し「コリコリした食感が好きなんだね」と、返すと、「違うよ、さざえが好きなの！」と、ムキになって言ったのでもう、それ以上聞くのはやめた。

「食べたくなったじゃない」

そんな話の流れになったのは自業自得。仕方なしに刺身がありそうな少し高めの寿司屋に入った。

彼女はカウンター席に着くなりそれを二皿注文した。てっきり一皿は僕の分と思っていたが、「じっくり味わうね」と、彼女は出された二皿を手前に寄せ、嬉しそうに言った。

僕はメニューに『時価』と、書かれていたので自分のは頼まなかった。

彼女は熱燗をチビチビやりながら「クゥ〜ッ、やっぱ最高だねさざえは！」と、感嘆の声を上げた。しかし、しばらくしてすっかり平らげたと思った皿。空殻の横に食べ残しが見えた。

一向に箸を付けないので、

「それは食べないの？」

と、聞くと、

「コレはウンチだから」

と、言う。確かに形状と色は似てるが「それはウンチじゃないよ。さざえの肝だよ」と、少しウンチクをかますと、「絶対ウンチだってコレ。そう聞いたよ……」と、彼女は拗《す》ねたような口振りで言った。

きっと、つき合ってたオヤジが冗談で言ったことを鵜呑みにしてるのだろう。

でも、この場はそれが正しい。彼女の機嫌を損ねないよう「ウンチだけど、ここも美味しいよ」と、言って食べて見せた僕――。

そんな苦い思い出が蘇ってきたのは何十年も後のこと。

旅の取材で福島県の会津若松を訪れた時だ。

〝江戸時代後期に建てられたという会津さざえ堂（正式名称は、円通三匝《さんそう》堂）。外観がさざえに似てることからそう呼ばれる建物。堂内も螺旋《らせん》構造になっていて、上りの通路と下りの通路は別になっており、人とすれ違うことがない〟

何かに興味を持つ時、肝になる、いや肝心なのはそのきっかけ。

都内にも二ヶ所。足立区の西新井大師と、豊島区の大正大学構内にさざえ堂があることを知り早速、見に行った。あの時の彼女に、感謝している。

コブラ返りの家系

ずっと気になってること。それは、薬局の入口のガラス扉に貼ってある短冊型の『足のつる人』。お習字みたく文字だけがドンと書かれているポスターだ。

それだけでも十分なのに、何故かもう1枚、同じものを貼るのがルールらしい。そりゃ、連打のほうがさらに目を引くけどさ。

それが外壁にも及んでいる店があって、選挙シーズンともなると、そこに候補者のポスターが加わる。

足のつる人
足のつる人
候補者

と、まるでその候補者が足のつる人の代表であるかのように見える。

〝隣の客はよく柿食う客だ〟もといい、うちの父はよく足のつる人だ。実家にいた頃、その現場を度々見掛けたので、他人事では済ませられない。いつも気丈な父が、その時ばかりは神にでもすがるような顔つきをして、つった足を摩《さす》ってた。

ようやく痛みが和らぐと出るセリフがコレ、

「お前も気ぃつけなあかんぞ。うちはコブラ返りの家系なんやからな」だ。

どうやら祖父もそうだったらしいが、そんなことより、足がつることをプロレス技みたく呼んでいるのが大層怖かった。

〝コブラ返り〟

小学生だった僕は当然、強暴な蛇を想像した。

「だから、急に体を動かしたらあかんぞ」

僕にその兆候が表れ出したのは20代後半の頃。でも、すぐに治まったので大して気にはしていなかった。しかし、ある夜のこと。彼女と行為中、急に体位を変えたのがいけなかったのか、とうとう僕の足にも荒ぶるコブラが出現した。痛みは増すばかりだが、相手のあることそう易々と行為を中断するわけにもいかない。僕は治ることを切に願い、腰を振って堪えたが、もはや限界。コブラはカチンカチンになっていた。

「ちょっとごめん！」

と、言って彼女から離れ、布団の上にうずくまり必死でコブラを摩った。

当然、彼女は「どうしたの?」と、聞いてきた。

僕は神にもすがるような顔でこう言ったんだ。

「コ、コブラ返り……」

すると彼女は苦しむ僕にだよ、笑いながらこう返したのだった。

「それ、こむら返りじゃなくて?」

〝何それ?〟

「うちはコブラ返りの家系なんだから」と、反論したら、彼女は、「何、その家、怖い!」と、さらに声を上げ笑うのだった。

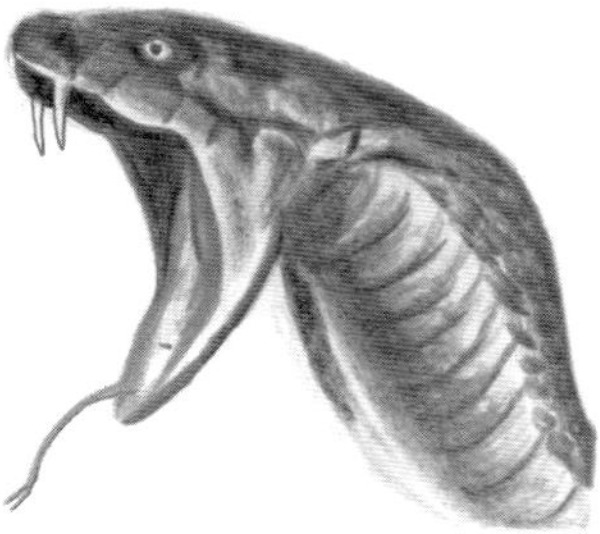

【こむら】

ふくらはぎの筋肉である腓腹筋《ひふくきん》のこと。そこに起こる筋痙攣《けいれん》の総称が〝こむら返り〟。

後にそんなことを知ってもちっとも納得はいかなかった。さらに調べてみると、こんな記述を見つけたのだ。

〝近世初期には「こむら」より「こぶら」のほうが規範的と考えられていたようである〟

ほらみー! 父は正しかった。

現在は、月2くらいのペースで、こぶらを返してる僕なんだ。

古典エロ噺

仲間内で〝古典〟と呼ばれる噺《はなし》がいくつかある。

先日、その語りの名人のひとりと久しぶりに会ったので、再演をお願いした。

「ひどく酔っ払って、西麻布のバーを出てね、その前の道でタクシーを拾ったんだよ」

僕は、

「よっ！　待ってました、名人芸」

と、囃した。

「その時、後から和服を着た女が突然、乗り込んできてさー」

「見ず知らずの女だよね」

「そうそう」

フツーならその時点で既におかしいと気付くが、これが古典たる所以《ゆえん》。

「そっからが変なんだよ。フツー、オレの横に座ってくるでしょ？」

「後部座席だもんね」

「でも、違ったんだよ。あれ、何つーの、対面座位か、その女は何とオレの膝の上に乗っかってきた」

「しかも和服だもんね」

「そうだよ、裾がパカーッと開いてるわけでさ」

「和服の人は下着をはいてないこともあるらしいね」

「でも、その女ははいてた」

ひどく酔ってたと言うわりに、そこはちゃんと確認してる。

「それから顔を……でしょ？」

「そうそう、オレの顔をベロベロナメてきてさー。びっくりしちゃって、もうされるがままだよ」

フツーならやめろよって言うところだけど、流石、名人である。

「ねぇ、まだタクシーは止まったままだったんだよね。運転手さん、何か言わなかったっけ？」

「当然、聞いたよ。行き先はどこですか？って」

ベロベロされてる最中にねえ。

「それで彼女が答えたんだ、渋谷のどこどこまでって」

「うーん、やっぱ変だよ、その話！」

「な、変だろ？　オレが先に乗ったんだからね」

そこじゃないでしょ(笑)。

「彼女の住んでるマンションはさー」

「エレベーターがなくて、確か4階まで階段を上ったんだよね?」

「そうそう、キツくてさ」

毎回、思うけどこのくだりはいらないんじゃないかなあ?

「でさ、朝になってびっくりしたわけだよ。二人はベッドの上でスッ裸だったんだ。変だろ?」

いや、そこは別に変じゃないでしょ。

「床に和服が脱ぎ捨ててあってさー」

いや、あなたが脱がせたんでしょ?

「彼女はうつ伏せの状態で寝っててさー。よく見ると、そのムキ出しになったお尻から何と、タヌキのようなシッポが生えてたんだよ!」

「昔からタヌキは人を化かすって言うもんねぇー」

「それで慌てて服着てさ、部屋を飛び出したんだよ」

「でも、カバンを置き忘れてきた」

「そうなんだよ。幸い財布はズボンのポケットに入れてたから良かったけど、やっぱ困るからさ、それで数日後、恐る恐る取りに行ってみたところ……」

「行ってみたところ！」

「すると、そのマンションがすっかり消えて更地になってたんだよ!!」

「それ、やっぱ妖怪の仕業だね！」

いつものように僕が返して噺は終わった、と思いきや、

「それが違ったんだよ。先日、たまたま現場近くに行ったんで改めて捜したら、マンションは大通りを挟んだ向こう側に――」

「何だ、あったのかよ！」

僕はガッカリして、

「そこは古典のままのオチでいいよ」

と、忠告した。

天下御免の傷の跡

少し前、東京駅にある東京ステーションギャラリーで『甲斐荘楠音《かいのしょうただおと》の全貌』と題された展覧会（2023年7月1日〜8月27日）を見た。大正期から昭和初期にかけて活動した日本画家だが、その才能は多岐にわたってた。特にグッときたのは時代劇映画に於ける衣装のデザイン。実際に使用された絢爛豪華な和服が何着か会場に並んでた。

横にはその映画のポスター。市川右太衛門主演の『旗本退屈男』シリーズのは、もはやサイケ。目を奪われた。世代的に映画館で観たことはないが、西川のりおさんのギャグ、「パッ！　天下御免の向こう傷、パッ！　拙者、早乙女主水之介《もんどのすけ》」で、その名ゼリフは存じ上げている。

会場の売店に再販されたDVD『旗本退屈男』『旗本退屈男　謎の蛇姫屋敷』『旗本退屈男　謎の暗殺隊』の3本が置かれてあったので、大人買いした。その劇中で主水之介は「眉間に冴える三日月形」と、その傷を自画自賛したが、正確に言うと髪の生え際から額までの裂傷である。

それは長州藩の悪侍7人組と斬り合った時に受けた刀傷だという。

僕は映画と分かっていながらも、〝一体、何針くらい縫ったのだろう？〟などと、その傷を案じ、なかなか話のほうに入っていけなかった。

僕もまた天下御免の（じゃないけど）大きな傷を身体に残していたからである。

「ねぇ、どうしたのこの傷？」

初めてベッドを共にする際、よく聞かれたものだが、その彼女は断りもなしにその傷跡を指で撫で上げながらだった。

その時は手術して10年ほど経っていたが、皮膚はまだ薄く、とても心許なかった。だから怖くて自分でも触ったりはしてなかった。申し遅れたが、拙者の傷はヘソから下に10センチ近く伸びた手術痕。僕は少し身を捩《よじ》り耐えながら、彼女の質問に答えた。

高校2年の夏休みに友達二人と東京に遊びに行った。僕の主な目的は文通相手に会うことだったけど（そこは言わなかった）。問題なのは京都に戻る新幹線の中。

腹部に激痛が走り、僕は車中で七転八倒した。

それを見兼ねた友達が乗務員室に駆け込んでくれ、

「お願いします！　車内放送でお医者さんが乗っていないか呼び掛けて下さい」

と、パニック映画さながらに訴えたらしいが現実は、

「降車駅まで我慢してもらうしかありません」

とのこと。

京都駅に着くと少し痛みは治まり、どうにか家に戻ったが、夜中にまたもや激痛。救急車を呼び、病院に緊急搬送された。

虫垂が破裂し腹膜炎を併発したらしい。

すぐ手術となったが、数日後、今度は腸閉塞を起こし、再度手術。それがヘソ下の傷の理由である。

彼女は、

「ごめんね、そんなとこ勝手に触っちゃって」

と、すまなそうに言った。

「いや、大丈夫。ちょっと変なカンジがするだけだからさ」

僕が笑って返すと、

「じゃ、こっちのほうはどう?」

と、彼女がさらに下を触ってきたもので、

「うぅん……そっちはとてもいいカンジ……」

と、僕。だからその夜、2回もした。

君が僕にくれたもの

四畳半のボロアパートで、化粧直しをする君。僕はまだ裸のまま、毛布にくるまってその姿をぼんやり見つめてた。色っぽい黒いアイラインを引くと君はいくら抱き締めても、「またね」と、言って帰ってしまう。僕は天井に目をやり、今日二人で観に行ったライブのことを思い浮かべた。名曲『ライク・ア・ローリング・ストーン』のワンフレーズが胸に突き刺さる。

和訳だと〝どんな気がする？〟

それはまるで美大の受験日を間近に控えた僕への問い掛けのようだった。

「じゃ、頑張って」

すっかり身支度を済ませた君は、狭い玄関の三和土《たたき》に立ちそう言った。

「今日は本当ありがとう」

「どういたしまして。楽しいライブで良かったわね」

最後にキスをしようと立ち上がったが、君は軽く手を振り部屋を出て行った。

忘れもしない１９７８年３月４日の出来事。

二人はその夜、ボブ・ディランの初来日のライブを観たのだった――。

「ディランが来るんや！」

その告知は、突然発表された。君は、ディスコミュージックは好きだったが、ディランには興味すらなかった。むさい浪人生の僕とは不釣り合いのお嬢様だったからそれも仕方ないが、一応、ディランの初来日がどんなにすごいことなのかを熱弁した。

「でも、その時期は受験じゃないの？」

君の言う通りだった。

ライブは、2月20日から3月4日にかけての11回公演。観に行ってる場合ではないし、それにチケット代もかなり高かった。君は細いメンソールのタバコを喫《す》いながら、「それにあなたの誕生日も2月だったわね？」と、改めて聞いてきた。

童貞を卒業したことのほうが嬉しくて、上京してきた本来の目的を忘れかけていた。そして、翌年の誕生日、君に招かれオシャレな店で食事をしたんだ。その時、誕生日プレゼントとして渡されたのが、何とボブ・ディランのライブチケットだった。

『3月4日㈯　武道館大ホール　6:30 p.m.　S　¥4,500　2階　南東スタンド　K列55番』

「この日なら受験日とかぶらないいって聞いてたから」

僕は彼女の優しさに感動し、

「ありがとう！　受験も頑張るさかい！」

と、声を張って言ったのだが……。

その年も落ちたんだ。

僕は後に、〝どんな気がする？　二浪目は〟なんてテーマで、エッセイを何度も書いた。

しかし、ある雑誌で評論家の坪内祐三さんが『みうらじゅんとは同い歳だが、彼は早生まれ。だからディラン初来日の年には美大に入学している』と、指摘しているのを読んでハッとした。

〝え!?　そうだったの？〟

どうやら僕の記憶は面白いように書き変えられていたようである。

当時、スクラップ帳に貼っておいたチケットの半券を見たら、ここにも疑問点があった。

何故、そんな大切な思い出のチケットをエロチラシの横に貼ったのか？　答えは風に舞っていた。

いとうさんとご歓談

ＮＨＫ朝ドラ『らんまん』で、役者としても大活躍だったいとうせいこう氏。親しくなってもう、30年以上になる。お互い、何で食ってるのかよく分からないというのが世間の評価だろうが、この度、さらによく分からなくなる『ラジオ　ご歓談！』という本を二人で上梓した。

「雑談の次は、ご歓談でしょ」

と、いとうさんがそのタイトルを付けた。

20万字にも及ぶブ厚い対談集である。

僕たちは会うといつも何時間も延々喋り続けた。

大した話題があるわけじゃない。その場で思い付いた話をしてるだけだが、ボケとツッコミ芸は長年、二人が育んできたもの。

それが、いとうさんが言うところのご歓談だろうし、それを聞いた人の感想〝くだらないゆるい話〟の所以である。

話がいきなり違う話題に飛ぶのも特徴で、モチベーションの話題から、擬音→同姓同名→ケータリング→ご主人様→ボトルと、その語感や連想だけで変わっていく。

それは思想家ならぬ〝連想家〟たちの為せる業。

対談集は以前出した『雑談藝』もあるのだが、二人の仲を深く結び付けたのはやっぱり『見《けん》仏記《ぶつき》』。

自由気ままに仏像を見て旅をしてきた記録だ。

いとうさんが文、僕が絵を担当したそのシリーズは既に8冊出ている。

連載を始めた頃はお寺でお叱りを受けたことも度々。しかし、時は移り、かつての住職も次世代住職（次世住《ジセジュー》）に変わり、「あの本を読んで仏像が好きになりました」と、言ってくれる方も現れた。本当、ありがたやありがたや……。

そんな見仏記の1巻目。ラストシーンにこんな記述がある。

〝三十三年後の三月三日、三時三十三分に三十三間堂の前で会いましょう。そんなおかしな待ち合わせを、我々はしていたのだった。

（中略）

「去年の約束だから、三十二年後かあ。いとうさん、俺は六十七になってるよ」

「俺は六十四ですよ。生きてられるかなあ」〟

そんな会話を交わしていたのだ。

単なる三十三の語呂合わせ。その場で思い付いた冗談に違いなかったのだが……。

先日、高知県に向かう飛行機の中でそれを思い出し、いとうさんに聞いてみた。

「知ってた？　あのおかしな約束が2年後に迫ってるって」

「マジ⁉」

しかし、話はすぐに逸れた。乗り込んだ時から機内がやたら物々しかったからだ。

黒いスーツに身を包んだ眼光鋭い男たちが、僕らの席のまわりに座っていて、その想像の続きに大忙しだったから。

「SPだね」「誰の？」「要人のだろうね」「誰？　羽生名人？」「何でだよ！　藤井聡太八冠でもないし」

通常よりも会話のボリュームを下げてるつもりでいたが、何度もSPに睨まれた。

「あの眼力の強さは深沙《じんじゃ》大将並みだね！」

またも、三十三年後の約束を忘れ、ご歓談に花を咲かす我々であった。

PS・ちなみにSPは総理のでした。

はかせたろう！

先日、東京都美術館で『永遠の都ローマ展』（2023年9月16日〜12月10日）を見た。

イタリアはかつて一度、行ったことがあるが、その渡航目的は空港近くのでっかい建物で催されていたレコード・フェア。

コレクターの大先輩に誘って頂き、滞在のほとんどをそこで費やした。だからイタリア観光はしてない。

それにヴィーナスなどに一生縁がないものと思っていたが、展覧会場のフロア中央に立つ〝カピトリーノのヴィーナス像〟の美しさに思わず心を奪われた。

それでなくてもリアルで艶めかしいヌード像。手で胸と股間を隠そうとする所作、いわゆる恥じらいのポーズにグッときた。

ヴィーナス像は360度、拝めた。でも、ひと所に留まってガン見しているようでは、まわりの観客からいやらしい人と思われそうなので、僕は眉間にシワを寄せ、腕組みなんかしながら歩き回ってみたが、困ったことにどの角度も艶めかし過ぎじゃあーりませんか！

〝ゲージュツ……ゲージュツ……あくまで芸術作品……〟

①

②

と、はやる気持ちを必死に抑え、他の展示コーナーに向かったのだった。

あの時、もっと心に余裕があったなら、〝はかせたろう！〟と、考えたはずなのに……。

いや、それは葉加瀬太郎さんのことではない。

はいてないなら、はかせたろう！　僕の考案したプレイである。

上の①②の写真を見て頂きたい。油性の黒マジックを使い、ヌード絵に下着を描き加えた〝はかせたろう〟である。

次ページの③はダビデ像。これなら「安心して下さい、はいてますよ」と言えるわけだ。

もちろんこのプレイは作品に直描《じか》きしてるわけじゃない。『永遠の都ローマ展』のような大規模な展覧会であれば、必ずそのカタログ（図録）が売られている。それを買って家に帰り、匠の技を発揮するのだが、どうしたことかその日は買い逃した。

それは、会場の売店で見つけたアクリルスタンド（通称・ア

③

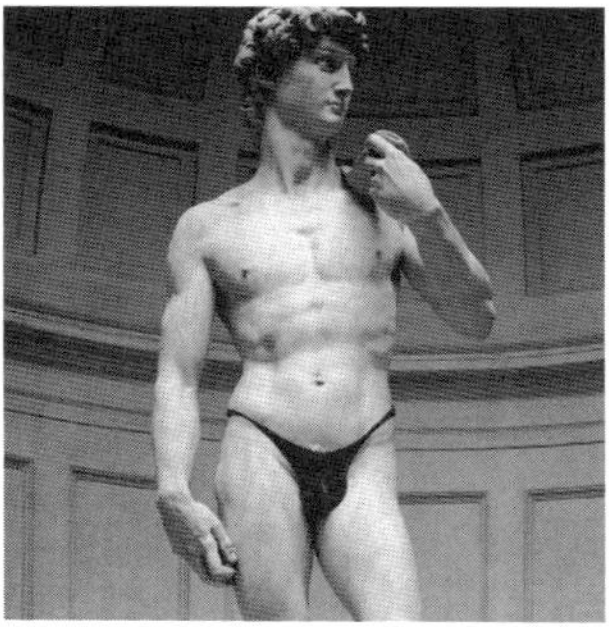

④

クスタ）のほうに気がいってしまったからである。

その証拠に、帰りに立ち寄った洋食屋でこんな写真（④）まで撮った。

カツレッツとヴィーナスの違和感たるや……。

イソギンチャクといそぎんちゃく

昔はよく子供を水族館に連れて行った。

「見て見て、スゴイよ！」と、毎度、水槽を指さし囃し立ててみたが、やはり地味な生物には余り興味を示さない。だからと言ってイルカやペンギンなどの人気のあるショーは混んでる。出来れば館内だけで済ませ、後は売店でもと、それが僕の正直な気持ちだった。

しかし、その日は様子が違った。小学生の団体が地味なコーナーにもごちゃまんといて、煩《うるさ》いくらいあーだこーだと言い合っていた。

「ねぇねぇ、見て見て！　このチンアナゴ、カワイイ」

「このオオカミウオの顔、いやだァー、コワイ！」

「何、コレ!?　タカアシガニってデカイし、キモイ！」

「ねぇねぇ、こっち来て！　クラゲがキレイよ」

「うわぁー、スゴイ！」

「コレ、何!?　グニョグニョしてるよ！」

「穴の中からいっぱい手みたいなのが出てる。キモ!!」

「そもそもイソギンチャクって、何⁉」

〝イソギンチャク（磯巾着）は、柔らかい無脊椎動物で、口の回りに毒のある触手を持つ〟

僕はいつもその水槽の前で、平がな表記の〝いそぎんちゃく〟のことを連想してた。

それは忘れもしない小学6年生の時だ。街で見掛けた衝撃の映画ポスター。

そのタイトルが『いそぎんちゃく』だったからである。

〝喰いついたら離さない、いそぎんちゃくのような女！　日本中の男性に渥美マリが裸で挑戦！〟

ポスターの端にそんな文面が書かれていて、僕は丸暗記した。一体、このグラマラスな肢体のどこに、いそぎんちゃくが潜んでいるのだろう？　それを考えると体がやけに火照ってきたものだ。

『いそぎんちゃく』は、『続・いそぎんちゃく』、『夜のいそぎんちゃく』と続き、また『でんきくらげ』、『でんきくらげ　可愛い悪魔』、『しびれくらげ』と軟体動物シリーズを生むことになる。

それがほぼ、1年の間に製作されたというから驚きだ。

映画館には入場出来ないので、僕はポスターが変わる度、しっかりと頭に焼き付けた。

ようやく映画を観たのは、それらがビデオ化された時。

１９７０年代のお色気映画に、ＡＶとは違うなつかしさとハレンチさを感じた。そして「いそぎんちゃく＝渥美マリさん」ということがハッキリ分かったのである。

「みんな聞いて！　イルカショーがそろそろ始まるので、集合して！」

引率の先生だろう。水族館に声が響き渡った。

　どやどやと生徒が出口近くに詰め寄せたが、ひとりだけイソギンチャクの水槽から離れようとしない男子生徒がいた。

　たぶんそれは〝カワイイ〟や〝キモイ〟とは違う感情をイソギンチャクに感じ取ったのに違いあるまい。

　しばらく様子を見ていたかったが、子供が泣き出したので、その日は売店にも寄らず水族館を後にした。

幻のブー録・アへ録

「アヘアヘアヘ……」とは、間寛平さんのギャグのひとつ。

「アヘアヘウヒハアヘウヒハ」と、変形させることもある。

僕が中学生になった頃、吉本新喜劇に彗星の如く現れた寛平さん。

数多くのギャグと、持ち前の身の軽さで舞台を大暴れ。すぐファンになった。

〝ナメナメなめくじのような街角で／アヘアヘアヘハーのような男と女が
カカカンニンナのような間違いで／アメマ！　アメマ！　のような恋に落ちる
誰がじゃ何故じゃどうしてじゃ！／誰がじゃ何故じゃどうしてじゃ！

カルマは急に止まれない／わしゃー止まると死ぬのじゃ♫〟

上京して、こんな仕事（イラストレーターなど）に就き、吉本新喜劇を全国に広める活動をほぼ勝手にしていた時、何と寛平さん本人から「じゅんちゃん〝紅白歌合戦〟に出たいねん！作詞してや」と、依頼を受けた。本当、夢のようなことだったが、この歌のタイトルは、『カルマは急に止まれない』（作曲：藤原いくろう）（ちなみにカルマとは〝業《ごう》〟のこと）。

僕の力不足で紅白には出られなかった。ごめんなさい（後に寛平さんが、歌じゃなく〝引きずり女〟

という ネタで紅白にゲスト出演されてたのを見た)。

「アヘアヘアヘ……」

ごいっしょさせていただいた飲み屋で、この喘ぎを直接聞けたことが嬉しかった。

ところで、「喘ぐ」には、「敢(アヘ)」という語の活用形だったという説もある。

それで思い出したことだが、僕が初めて買って貰った録音機は、オープン・リールテープのものだった。

未だ、手元に残しているが、何せ50年以上前の機械。もう壊れているだろう。

ひとりっ子をいいことにそんな高価なものをねだった理由は、テレビドラマやアニメの貴重な音源を残しておきたかったからである。

当時はライン入力の存在を知らず、居間にあるテレビにマイクを近づける手法。しかし、録音中オカンが入ってきていらぬ喋りを始め、台無しになることも度々。それでやる気が失せ、しばらく録音機を自分の部屋に放置していたのだ。

そんなある日、うちに遊びに来た友達が突然こんな提案をした。

「オレのオナラを録音してくれや」

どうやら自由自在にひり出せるらしい。

彼の突き出したお尻にマイクを向けると、

音源ではない。

〝ブー！〟

いい音が出た。

「今度は連発で」

〝ブーブーブー♫〟

ブー録の次に彼が提案したのがアヘ録。寛平さんのギャグを二人で何度もやった。

「ア……ヘェ〜アヘェ〜」

実はそれ以来、この録音機は使っていない。ラジカセの時代になったから。

機械はダメでも、テープは修復すれば聞くことが出来るかも知れないと思ったが、そこまでして聞く

奥地で発見！

１ヶ月ほど前から仕事場にあるポータブルＤＶＤプレイヤーの調子が悪い。再生中、ガタガタと鈍い音がして、それがひどくなると画像が止まってしまう。

そんな時は昭和のヤリ口、本体を何度か叩いてみる。

〝スイマセン、ボーッとしてました……〟と、言わんばかりにまた、動き始めるのだが、今度は色調までが変になってきた。全体が緑色なのだ。

機械にやたら弱い上、トリセツなど読んだことがない僕は〝設定〟というボタンを恐る恐る押し、色合いの調整をしてみるが、ちっとも肌の色に近づけられない。

申し遅れたが、そのプレイヤーは主にＡＶ、いやＡＶを見る用に買ったもの。だから肌の色がとても肝心なのだ。

原因はプレイヤー内にある小さなレンズが曇っているからなのかも知れないが、レンズクリーナーの持ち合わせはない。またも昭和のヤリ口、ＡＶのソフトをプレイヤーから外し、レンズ部分に息を吹き掛けてみる。それで付着した埃を吹き飛ばす作戦に出た。

〝フッ！　フッ！〟と、何度もやってみるが、一向に直らない。

〝もう、これは買い替え時かな〟

買って3、4年は経つ。今までも大体、そのペースで買い替えている。緑色の裸体にはグッとこないどころか、気持ち悪いから。

これは画面が大きくて気に入っていたので捨てるには忍び難いが仕方ない。

そんな時、久しぶりに芸人のウクレレえいじさんと会う約束をした。

いつもならいっしょにごはんを食べに行くところだが、僕は

「悪いけどその前にDVDプレイヤー買うのつき合ってくれる？」と、申し出た。するとウクレレさんは一瞬、怪訝な顔をして、

「いいですけどまだ、そんなもん、売ってるんですか？」

と、聞いてきた。

パソコンやスマホの時代である。確かに以前買いに行った時も家電量販店には4、5台ほどの機種しか置いてなかったし、そのコーナーは店の奥地に追いやられてた。それでも僕がポータブルDVDプレイヤーに拘る理由はひとつ、手慣れているからだ。

「いや、それがまだ売ってるんだよ」

「マジですか？」

蛇の道は蛇。僕はその奥地にウクレレさんを誘導し、

「な！　あったろ!!」

と、叫んだ。

「しかも安いですねぇー」

ウクレレさんは、未だに売られていたことと、1万そこその値段に大層、驚いた様子だった。

「オレも買おうかなぁ？」

そんなことまで言い出した。

「買ったほうがいいよ。あるうちに」

と、僕は先輩面で言った。しかし、残念なことに僕が求めていた画面の大きな機種はなかった。

とうとう製造中止か……。

店員すら寄り付かない奥地で僕は2台の箱入りプレイヤーを取り、レジに向かうのだった。

ブルース・リー カット

カルチャーショックなんて、そんな生易しい言葉では語れないもの。

それが、高校1年生の時に受けた〝アチョーショック〟である。

今では誰もが知るであろうブルース・リーの怪鳥音「アチョー」であるが、映画『燃えよドラゴン』（1973年）を公開初日に、しかも、ほとんど前知識なく観に行った者が受けた初アチョーの衝撃たるや、いくら、

〝想像してみて〟

と、ジョン・レノンが言ったとしても無理なこと。

アチョーはアチョーに止まらず、

「アタアタアタ……」

と、続くこともあり、恐れすら抱いたものだ。

観客の中には、その緊張に耐え切れず、突然、笑い出す者もいた。

しかし、観ていく内にどんどんアチョーに引き込まれていき、最終的にこれはとてつもないカッコ良さの表現だということに気付き、劇場内は〝ウォー〟という歓声に変わった。

同時にそれまで謎の東洋人だったブルース・リーが、憧れのカッ超イイ存在となったのである。すぐに、噂が噂を呼び映画は大ヒット。配給会社も慌てて他の作品を続々公開し、空前のドラゴンブームに。

そして、ブームには付きものの、パチモノも多く世に流出した。

主演俳優の名が〝ブルース・リ〟なんてものから、いかにも関連と見せかけたグッズまで。

僕が掴まされ、一番、脱力したものは、『さらば！ ドラゴン』というシングルレコードだ。ジャケ写はヌンチャクを手に持つブルース・リーだが、その曲のクレジットを見ると、サントラでも何でもなくて〝作詞ブルース・ワン、作曲ブルース・トゥー、歌ブルース・スリー〟。さらに〝編曲ブルース・フォー〟と、トホホギャグの連発。

ところで話は変わるが、当時僕が通っていた高校は仏教系だったこともあり、特に頭髪に厳しかった。少しでも髪を伸ばすと先生に、「切ってこい」と、注意される。

そんな時代に見たブルース・リーのヘアスタイル。短髪でもカッ超イイので当然、マネた。

うちのクラスにも同士は5、6人いたと思う。

「お前のそれ、『怒りの鉄拳』カットやろ。どこでしてもろたん?」

この会話でお分かりのように、一概にブルース・リーカットと言っても映画によって微妙に違うのだ。

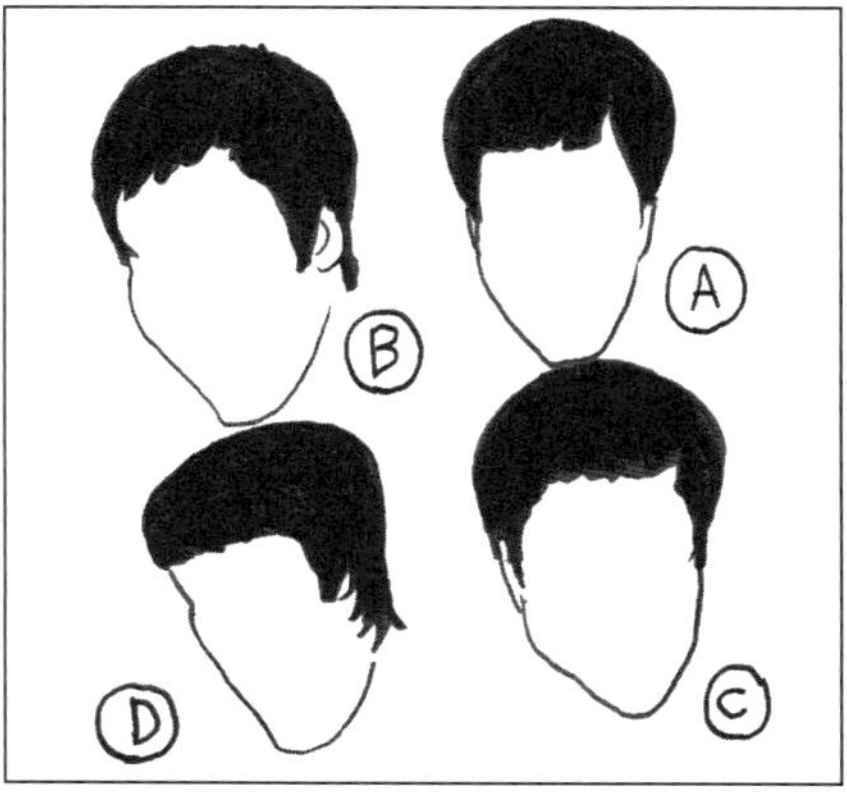

Ⓐ『ドラゴンへの道』カット　Ⓑ『ドラゴン怒りの鉄拳』カット　Ⓒ『ドラゴン危機一発』カット　Ⓓ『死亡遊戯』カット

「いつもの床屋やけど。お前の『ドラゴンへの道』カットは?」

母親に切って貰ってた奴もいたかも知れないが、大概は、床屋に写真を持参して。

噂では、ブルース・リーカット専門店も当時あったと聞く。

上に代表的なヘアカタログを用意したので、どの映画のものなのか、当ててみてほしい。

うちは男子校だったけど、通学電車では他校の女子と遭遇するので、もちろん正念場は車内だった。

このカッ超イイヘアカットに気付いた女子が声を掛けてくる……。

そんなスウィート過ぎる夢を見ていたからだ。

自分で言うのも何だけど僕の青春って本当、バカだなァー、アチョー!

ブルース・リーさんがお亡くなりになって50年。

改めて感謝と、ご冥福をお祈りします。

チョメチョメのチャンス

「バイト先で知り合ったコと××してさー」

そんな話を耳にした。

ちなみに××は〝チョメチョメ〟と、発音する。当時、よく深夜番組などで、俳優でタレントの山城新伍さんが言っていた隠語である。

僕は美大に入るまで、ほとんどバイトというものをしたことがなかった。それでクラスメイトからは、ひとりっ子で甘やかされて育ったせいだなどと批判されたこともある。

しかし、このチョメチョメ話は、聞き捨てならない。

「それ、どんなバイト先よ?」と、会話の輪に分け入り聞いてみたが、「お前には関係ない話だろ」と、冷たく言われてしまった。

「いや、ちょうどバイトを捜してたところだから」と、出まかせに返すと、そいつは高飛車な口調で、「だったらひとつ、いいバイトがあるから、お前、行ってみる?」と、言った。

「あぁ、お願いしたいね」

意地もあったし、即答したが、チョメチョメの可能性があるのか聞いておけば良かった。

「じっとしてればいいだけだから楽だと思うよ」

と、言われたそのバイトは、デッサンのモデルだった。

当日、朝早くから指示を受けた新宿の美術予備校に行くと、狭い控え室に案内された。

そして係の人から、「教室は暖房が効いてますから安心して下さい」と、妙なことを言われ、1枚のバスローブを手渡された。

不安になって、「服の上からですか?」と聞くと、係の人は、「脱いだ上から羽織って待機していて下さいよ」と言って笑い、「登壇された後にはこちらで引き取りますから」と、続けるのだった。

〝え!? これってヌードデッサン会なの……〟

それは僕も美大生として、知らぬ光景ではなかった。期待に胸と股間を膨らませて、席取りに並んだものだ。しかし、このバイトはデッサンする側じゃなく、される側らしい。

「ヌードとは聞いてませんでしたので……」

と、僕はその場でごねにごね、

「せめてパンツだけは、はかせて下さい!」

と、泣きを入れた。

「仕方ありませんねえ。もう時間なので、もう、それでいいです」

と言われ、オールヌードは免れたが、そのパンツにも不安が残った。

こんなことならまだ、マシなものをはいてくれば良かった。

白いブリーフは少しの黄ばみでも、前列に座る生徒には見つけられてしまうからだ。

「じゃ、お願いします」

と言われ、ざわついた教室に入り、バスローブを脱いだ時、突然、静かになったのはやはり、そのパンツのせいだったか？

いや、目の前のパンツなど、目前の受験に比べりゃ大したことはない。

いや、そう思うしかなかった。

しかも、そのバイトは朝と昼の2ステージ。

ずっとパンツのことを気にして立っていた。

で、チョメチョメの可能性は？　って……。

そんなこと、あるわけないっしょ！

仏像しりとり

仏像しりとりを思い付いたので、ちょっと聞いて貰えます？

先ずは**阿弥陀如来**《あみだにょらい》から。それに続く（い）は、**韋駄天**《いだてん》、**飯縄権現**《いいづなごんげん》、**一字金輪仏頂尊**《いちじきんりんぶつちょうそん》、**岩戸観音**《いわとかんのん》が浮かぶが、どれもおしりに（ん）が付く。要するに、天・権現・尊・観音・上人は使えないわけだ。じゃ、ここは十二神将から、**因達羅大将**《いんだらたいしょう》で。（う）は、**烏瑟沙摩明王**《うすさまみょうおう》（う）、**雨寶童子**《うほうどうじ》（じ）、**地蔵菩薩**《じぞうぼさつ》（つ）。ここは、どうしてもメジャーどころの地蔵菩薩でいきたいところだが、続く（つ）が出ない。仕方ない。渋めの**信陀大黒**《しんだだいこく》に替え、（く）は、**孔雀明王**《くじゃくみょうおう》。

でも、またしても（う）かよ。じゃ、お釈迦様の弟子の**優波離**《うばり》（り）、そして**龍王吼**《りゅうおうく》（く）、**宮毘羅大将**《くびらたいしょう》（う）と続けるが、またまた、う、う、**烏倶婆誐童子**《うくばがどうじ》（じ）か（し）ね……。

えーい！　またしても十二神将の中から、**招杜羅大将**《しょうとらたいしょう》！

う、う、う〜〜もはや思い浮かばんか……限界、いや待て！　**宇賀弁天**《うがべんてん》（ん）。

……し、しまった!!　（ん）で、おしまいだ。

じゃ、ここで改めて仏像しりとりをまとめてみよう。

〝あみだにょらい・いんだらたいしょう・うすさまみょうおう・うほうどうじ・しんだだいこく・くじゃくみょうおう・うばり・りゅうおうく・くびらたいしょう・うくばがどうじ・しょうとらたいしょう・うがべんてん……ん⁉〟

コレ、朝の子供番組『おかあさんといっしょ』のヒットチューン『ようかいしりとり』に影響を受けて考えたもの。オリジナルは、「ろくろっくび」から始まる、妖怪しりとり歌だ。単に妖怪名を羅列するなら簡単だけど、〝まくらがえし〟から〝しらぬい〟、〝ざしきわらし〟から〝しちほだ〟など、かなりマニアックな名前までも盛り込んでいかなければならず、今回、作詞家の方のご苦労がよく分かった次第。

僕が小学生の頃に、一大妖怪ブームが巻き起こったのだ。それは『ゲゲゲの鬼太郎』や、実写版『悪魔くん』『河童の三平』といったテレビ番組から。全て、水木しげるさんの漫画を原作としたものである。それで僕も、いろんな妖怪名を知ったのだが、ある日、クラスメイトのKがこんなことを言ってきた。

「お前〝くろて〟って妖怪、知ってるけ？」

「知らんけど」

と、返すとKは、嬉しそうにヒソヒソ声で、「昔、ある村に住む奥さんがな、便所に入らはったんやー」と、始めた。

僕はいつもの癖で、「そら、どこの奥さんでも入らはるやろ！」と、ツッ込みを入れたが、Kはさらにニヤけた顔で、「そしたらな、下から黒い手がヌーッと出てきて、奥さんのお尻をな、撫でよったんやて」と、どこで仕入れてきたのか、そんないやらしい話をした。

「それ、チカンやろ！」と、返すとKは、「いや、妖怪・黒手の仕業なんやて！」と言い、それでしばらく仲間内で黒手はブームとなった。

だから、ようかいしりとりの2番、あまのじゃく（く）の次は、〝くらげのひのたま〟じゃなく〝くろて〟でも良かったかも。

ま、そんないやらしい妖怪、子供番組には向かないけどね。

切ないダンカン

そのレコードアルバムのジャケ写は大きなフードの付いた防寒服姿のポール・サイモン。サイモン&ガーファンクルを解散し、１９７２年に出したソロアルバム『ポール・サイモン』がそれである。

当時、深夜のラジオからよく、その中の一曲、『ダンカンの歌』が流れてきて、僕はわけも分からず切ない気持ちになったものだ。サイモン&ガーファンクル時代のヒット曲『コンドルは飛んで行く』に似たフォークロアな演奏。行ったことなどないが、アンデスの寒空が頭に浮かんでくる。

ダンカンはきっと、故郷に残してきた恋人のことを思っているのだろう。どんな悲しい別れがあったのかは分からないが、もう二度と二人は会うことはない。

僕はダンカンって青年に感情移入し聴いた。いや、青年というのも勝手なイメージだ。僕の中ではそれがジャケ写のポール・サイモンと重なっていた。

あぁ、ダンカン、あなたの気持ちは痛いほどよく分かるよ……。

いや、そもそも恋など経験したことがない中学生の僕にはそんな気持ちは分かるはずがないのだが、そこは青春ノイローゼってやつ。『ダンカンの歌』で涙する夜もあった。

そんなある日、下校でいっしょになったクラスメイトのHが、僕の肩を叩いてこう言った。

「オレ、この間の土曜日、モーテル行ったんや」

僕はその時、返事をしなかった。

「めっちゃ壁が薄くてよ、隣の部屋の声が丸聞えでやんの」

Hはそんなことお構いなしに話を続けた。僕がようやく口を開き、「誰と行ったん？」と、とぼけた質問をしたのは、嘘だと思ったからだ。

「アホちゃうけお前、彼女とに決まっとるやんけー」

Hは勝ち誇ったように高笑いした。

入学当初は僕同様、さほど目立たない存在だったけど、ヤンキーとつるむようになってから頭角を現し、こうして喋るのも久しぶりだった。

それにHが言ったモーテルとは、一般のホテルと違い、部屋ごとに専用の入口があって車で乗りつけられる構造。〝ラブホ〟以前の連れ込み宿の別称として用いられていた。

それを僕はテレビ番組『11PM』を見て知っていた。いくら何でもHがそんな所に行ったなんて……。信じられない僕は、「モーテルってどういう意味なんやっけ？」と、改めて聞いた。

するとHは得意気な顔で、

「そんな決まってるやろ、モテモテホテルのことやろ」

と、言ってのけた。

〝隣の部屋のカップルは何かの賞でも勝ち取るためなのか、一晩中がんばり続けるつもりらしい——〟

僕が『ダンカンの歌』が入ったポール・サイモンのアルバムを買ったのはその数日後。確かめたかったのは詞の内容がイメージ通りかどうか？

訳詞を読むと変な出だしに戸惑った。何と、ダンカンはひとりで壁の薄いモーテルに泊まり、隣の部屋から聞えてくる悶え声になかなか寝つけない——。そんな歌なの⁉ 後半には群衆の前で聖歌を歌ってた彼女に誘われ、森の中で童貞喪失したんだって！

これによって僕の頭の中のアンデスはすっかり消えたけど、Hのモーテル話に信憑性が出た。

ダンカン、するとこは森じゃなくてモーテルだって！

巡礼の地

30代初めの頃だった。

「次号、篠山さんのページに登場が決まったよ」と、『ドリブ』って雑誌の編集長から電話があった。突然の話に、「僕なんかでいいんですかぁ〜」と、驚き、返した。

「これで、みうら君も一流だね」と、編集長は言うのだが、一体、何に於いての一流なのかはよく分からない。ま、そんなことより、篠山紀信さんにポートレートを撮って頂けるチャンスが遂に回ってきたのだ。

「長年、うちで連載してくれてるから、そのご褒美みたいなもんだよ」

と、今度は笑いながら言った。きっと編集長の権限で僕を抜擢してくれたのだろう。どうにせよ、とても嬉しかった。

「撮影のスケジュールが出たらまた知らせるから、それまでに、都内での撮影候補地をいくつか挙げておいてよ」

篠山さんの写真で構成されたそのページは毎号、その被写体となる人物がゆかりの地に立つというものだった。電話を終え、僕はすぐさま考えた。

〝高円寺の商店街だろ、それに、歌舞伎町は外せないな。何なら、うちの仕事場に来て貰うのもいいかも〟

色々浮かんだが、篠山さんと言や、やっぱここだろと、僕は中学生時代に買った『週刊プレイボーイ』（1972年1月18日号）を本棚から取り出した。

未だ、大切に保管しているその雑誌には〝放課後〟とタイトルされた篠山さん撮影によるグラビアページが載っている。

モデルは栗田ひろみさん。当時のプロフィールには〝東池袋に住む栗田裕美クン〟とある。

僕はその写真を見て以来、大層、青春ノイローゼをこじらせた。

数ページに及ぶグラビア。その冒頭は彼女が朱色の鳥居の連なる前にセーラー服姿で立っているというシチュエーション。ページをめくると路面電車をバックに白いワンピース姿で立っている。そう、商店街を歩くシーンもあった。

カワイイだけじゃなく、アンニュイで、エロティシズムを醸し出すイメージ。

ストーリー仕立ては、篠山さんの真骨頂でもあった。

僕は、出来ることなら、その鳥居の前で栗田ひろみさんに成り切って写真を撮って貰いたかったが、却下された。ま、確かにそこはゆかりの地じゃなく、ファンが訪れる巡礼の地。

結局、初めに思い付いた3ヶ所で撮影は行われたが、後日、

「そこまで言うのなら」

と、篠山さんは言って、彼女にゆかりのあるスタジオで、僕の女装姿まで撮ってくれた。

「メシでもどう?」

と、タイ料理屋に連れてって貰った時は、『週刊プレイボーイ』の撮影秘話を聞き出した。

篠山さんは、

「あの現場は彼女の実家の近所だよ」

と、言った。

と、いうことは東池袋。

あの鳥居は、雑司が谷の鬼子母神堂の境内にある、武芳《たけよし》稲荷神社のものだったのだ。

それから何度となくその聖地を訪れたが、これは去年、撮った写真です。

天国の篠山さん、うまく撮れてますかね?

ご冥福をお祈りします。

ミネタン、グッジョブ！

2023年の12月20日に映画『アイデン&ティティ』20周年記念のイベントを催した。場所は当時、上映された映画館にしたかったのだが、今はなく、せめて初上映日にだけは合わせたいと、平日だったけど渋谷のライブハウスをお借りした。

その映画の主演に抜擢されたのがバンド〝GOING STEADY〟を解散して間もなかった峯田和伸、通称〝ミネタン〟（たぶん僕らしか呼んでないだろうけど）。

ミネタンが監督の田口トモロヲ氏と、原作者の僕に「今年、20周年ですよ、何かやりましょうよ」と、声を掛けてくれたのだ。

「もう、そんなになるかぁ」

映画完成後も3人のつき合いは続き、今では大の仲良しになっていた。打ち合わせを兼ね、取り分け重要な撮影現場であった高円寺で落ち合うことにした（主人公がその地のアパートに住んでる設定だったから）。

ミネタンの知り合いがやってる居酒屋でこんなことも言った。

「僕ね今、ちょうど映画を撮ってた時のトモロヲさんと、みうらさんの歳になってるんですよ！」

「え⁉　そうなの」

トモロヲさんと僕は同学年である。

「と、いうことは65歳から20を引いて……え⁉　45歳であのバンドマン役やってたの？」

「違うでしょ！　ミネタンの場合、さらにそこから20引かなきゃダメでしょーが」

いつものようにこのコンビでボケツッコミを演じてみせたが、隣の席にいた客は単なる老いるショックと勘違いしたかも知れない。

どうにせよ奇跡的な20周年であることには違いない。話は、「僕らの他に誰を呼ぶ？」って流れになった。彼女役の麻生久美子さんを始め、主人公が組んでるバンドのメンバーは中村獅童さん、大森南朋さんと錚々たるメンツである。

「あ、それにドラム役はマギーさんだから。ダメだよ忘れちゃ！（笑）」

その他にも、ものすごい俳優たちがいっぱい出演しておられる。

「脚本は宮藤官九郎さん！」「音楽は大友良英さん、白井良明さん、遠藤賢司さんだからね！」

改めてトモロヲさんの先見の明チョイスに感心した。

「みんなお呼びするってことになると大変だね」「しかし、出て頂いた人の中にはもう、お亡くなりになってる方もおられるしね」「だね、次の30周年はトモロヲさんも僕もビミョーだしなぁ」「そんなこと言わないで下さいよォー」

　今回のイベントはそんなこともあり、大変、重要に思えてきた。

「僕から近々、来てくれそうな人に連絡してみまーす」と、トモロヲさんが言って、打ち合わせと称す飲み会（ミネタンは酒がダメなのでジンジャーエール）は一旦、休止。堰を切ったようにいつものバカ&エロ、いやラブ話が飛び出したのは言うまでもない。

「ミネタン、結婚はしないの？」「いや、いつでもその気はあるんですが……」「早く結婚しなさい」

　ハシゴした飲み屋で呂律《ろれつ》が回ってない老いるショッカーたちから、軽いパワハラ発言。それが出た時は既に夜中の3時を回ってた。
「ねぇ今日、何かひとつぐらいイベントのこと、決めときません？」ミネタンが話を戻し、やっと出たのは「イベント用のTシャツを作ろう！」だった。
　結局、当日登壇したのは僕らだけだったけど、Tシャツはちゃんと出来上がっていた。

『あさりちゃん』の宝庫

これといった用事もないのに家を出て、ぶらり散歩をする。そんなぶらりに昔から憧れはあるが、どうも性に合わないらしい。

散歩は好きなほうだが、その道中でついついぶらりに反する、目的ってやつを捜してしまう。貧乏性ってやつであろうか、目的を見つけ、それなりの達成感が欲しくなる。

JRはそんな僕のような者に時折、スタンプラリーというものを用意してくれるが、電車を利用しているようでは散歩とは言い難い。

しかし、ふだんはほとんど自宅と仕事場の往復だけ。これでは足腰が弱ってしまう。

現在、66歳。その対策として週に1度くらい散歩を心掛けているのだが、ぶらりのセンスは一向に身に付かない。

2年前のことである。

それでも努めてぶらり気分で家を出たが、ある町で見つけたブックオフに入ってしまった。長居はしないつもりでいたが、本棚にズラリ並んだ古本を隅々まで捜索。結局、長居した。

最終的に立ち止まったコーナーは〝小学館てんとう虫コミックス〟と、表示のあるところだった。

それは、巻数が飛び飛びで並んだ『あさりちゃん』が気になったからである。

昔、子供が通ってた児童施設に置いてあったその漫画は、よほど人気があるとみえ、かなりの冊数があった。

僕がその時、ブックオフで見たものの中で最も数字が大きい巻数は73。

いやいや本当はもっとあるに違いない……。

そう思った瞬間、閃《ひらめ》いた。『あさりちゃん』を全巻集めることを散歩の目的にしようと。

その手始めとしてそこにあるもの全てをレジに運んだ――。

それからというもの、都内各所のブックオフを巡り歩くこととなる。もちろん他の古本屋も見つけ次第入ったが、やはりブックオフは『あさりちゃん』の宝庫である。1年も要さず、80冊近くはゲットした。

ちなみに『あさりちゃん』の作者、室山まゆみ先生は二人の女性コンビのペンネーム。女性二人組による1コミックシリーズとして最多の発行巻数を誇り、ギネス認定も受けてらっしゃる（別冊の新刊を含め、2025年1月現在103巻）。

その巻数を書いたメモ（既にゲットしたものにはバッテンが付けてある）を見ながら、それ以外のものを捜す日々。

しかし、残り少なくなるにつれ奇跡の出会いを期待するしかない。

くじけそうになって、ネットで古本のサイトを調べたこともあったが、その時、全巻＋別冊で販売している現実を見て、〝それじゃ意味がないんだよ！〟と、逆に奮起。またも家を出た。

それがとうとう、残すところ後3冊となった。

今までどれだけ散歩し、どれだけ足腰が鍛えられたことか。

これはひとえに『あさりちゃん』のお陰である。

先日も〝12、16、28……〟と、残す巻数を頭の中で念仏のように唱えながら散歩に出たが、そうは問屋が卸さない。

いや、池袋のブックオフにはなかった。

この先も当然、パーフェクトを目指し、散歩を続ける所存である。

〝がん〟or〝かり〟？

切手を夢中になって集めていたのは小学生の頃。〝日本切手カタログ〟という専門誌で自分の持っている切手の価値を調べるのが、また、楽しかった。

今で言うトレーディング・カード（トレカ）のようなもの。僕は決して売ったりはしなかったけど、クラスメイトの同志に、「この国定公園シリーズ3枚とではどうや？」などと、交換条件を出した。

当然、狙いは先方の持つ価値がある切手だが、そうはうまくはいかない。先方もそのカタログを熟読していたからだ。

「お前、何アホなこと言うとるんや。この〝にしあまね〟はなぁー」

と、すぐさま切手講釈が始まってしまう。

『西周』と書いて、にしあまね。何の偉業を成し遂げた人なのかは知らないけど、文化人シリーズ切手の中ではズバ抜けて価値が高かった。

「でも、そのにしあまね、消印済みやんけー」

消印スタンプの有無で価値は随分、違った。そこを突き交換を迫ったが、「消印あってもにしあまねには変わりあらへん。そんなしょうもない国定公園などとは替えられんわ」と、先方はまるでごうつくジジィのようなセリフを吐いた。

郵便局で買える新しいものと違い、古い切手は大概、親戚の叔父叔母に必死で頼み込んで譲り受けたもの。そんな宝物をそう易々とは交換出来るはずがない。

それは僕も同様。開けた切手帳を先方はシゲシゲ見つめ、「お前のコレも消印済みや。ま、コレなら俺のにしあまねと五分五分の勝負じゃ。交換してもええぞ」と、選りに選って〝月に雁〟を指さしてきた。

その瞬間、思わず僕の口からも、「アホか、お前」が出た。

１９４９（昭和24）年に発行された切手趣味週間の一枚。その同シリーズの〝見返り美人〟と並び、切手界の王様的存在であった。それでも先方は「ええやんけー、交換しようや〝つきにがん〟」と、しつこく迫ってくるのだが、その呼称がとても気になった。

確かに〝がん〟とも読むが、この場合、〝かり〟じゃないのか？　そこを指摘すると先方はムキになって、「〝つきにがん〟やろが！」と、声を荒らげるのだった。切手コレクターのプライドがかかっていたのだ。

結局、その日、何もトレードせず終わり、以来、そいつとは仲が悪くなった。

あれから半世紀以上、時が流れた――。

先日、散歩の途中で立ち寄った、ＪＲ目白駅近くの〝切手の博物館〟。何度か訪れているが、毎度驚くのは、かつて集めてた切手の価値の暴落。未使用の〝月に雁〟だって、安飲み屋２軒ハシゴくらいの代金で買えてしまう。

もう改めて集める気力はないが、この夢のない現実をどうしたらいい？ 人気のトレカにあやかって〝トレキ〟（トレーディング・キッテ）と、名称を改めるのはどうだ？ などと考えた。

その時ふと、〝がん〟or〝かり〟問題を思い出し、『雁首』で検索してみた。そのほうが違いがハッキリ分かると思ったから。

『がんくび』の場合、それはキセルのタバコを詰める部分。『かりくび』とは、言わずもがな陰茎の頭の意である。どちらも雁の首に形状が似てるからだけど……。

正式にはどうであれ、ここでは〝がん〟と読んでおきたい気持ちも、ちょっと分かるような気がした。

超人チョーさん！

昨今、老いるショック効果であろう、自然と朝早く目が醒めるようになった。

しかし、当然、体力の低下は否めず、起き上がる時はひと苦労。何度か「よっこいしょ！」（僕の場合、それに「しょういち！」が加わる）の掛け声がいる。

取り敢えず居間のテレビをつけ、ぼんやり見ているのだが、先日、ふと〝あの人〟のことが気になって、8時10分にチャンネルをNHK・Eテレに切り替えた。

それは『いないいないばあっ！』という1996年から放送してる朝の幼児向け番組である。そこに登場するのは少女と、着ぐるみのキャラ『ワンワン』。その中にあの人が入っておられるからだ。

僕は初期の頃、放送をたまたま見たことがあって、その時、ワンワンが発する声に〝もしや？〟と思った。それで、最後に流れる出演者のクレジットをチェックしたところ、やっぱり〝チョーさん〟だった。

その名は、同じくNHK教育テレビ（当時）で放送してた『たんけんぼくのまち』（1984～1992年）での役名。

丸メガネにキャップをかぶり、住み込みで働く店のまわりを自転車（〝チョーさん号〟と命名）に乗って探検する。そんな内容だったが、チョーさんはおっちょこちょいで毎回ドジを踏む。でも、その時のオーバーアクションが、コメディタッチの香港カンフー映画みたいでとても面白い。

なるほど、ワンワンのキレッキレな動きもそれで納得がいく。僕はその発見が嬉しく何度も原稿に書いたが、反応は全くなかった。

その後、ネットの普及で、チョーさんで検索すれば【声優としては『いないいないばあっ！』のワンワン　※スーツアクターも兼任】と、あっさり出てくるようになった。

悔しかったが仕方ない。もう得意気に語ることはしなくなった。

それからさらに何年か経ち、あの『たんけんぼくのまち』が奇跡のＤＶＤ化。オーディオコメンタリーとして僕が招かれたのだった。

ＰＲのため、雑誌で対談もした。これがその時のキャッチコピー。

『チョー×みうらじゅん 奇跡の52歳対談!!』

奇跡にはチョーさんと僕が同学年だったことも含まれてた。

初顔合わせした時、僕は、

「それにしてもチョーさんが今でもワンワンの中に入ってられるの、本当、スゴ過ぎですよ」

と、開口一番に言った。チョーさんは、

「いやぁ、大変ですよ」と、そのための食事制限やトレーニングの話をしてくれた。体力作りなど考えてもいなかった僕は、ただただ感心するばかりだった。

それからさらに14年も経った。

〝66歳だもの。もしかして、もう着ぐるみには入っておられないかも？〟と思い、久々に『いないいないばあっ！』を見たくなったのだ。

「ワンワンでぇーす！」

と、昔と何も変わらぬ調子で番組は始まった。もちろん着ぐるみの中からその声は発してる。

「『ちゅるるんラーメン』いってみよーう！」

歌って踊るコーナー。

〝これは流石にキツイのでは……〟と思ったが、そのキレッキレの動きも健在だった。

一体、どーなってんだ!?　チョーさんの体は！

ここまでスゴイと、本名の長島さんから取った愛称〝チョー〟は、超人のチョーなり！

不適切な工場

どうも、お久しぶりです。みなさん、お変わりはありませんでしょうか。金玉工場の工員Aです。うちの工場が斜陽の一途をたどっていることは既にお話しさせて頂きましたのでご存じかと思いますが、張りを失った外観には、若かりし頃の面影は一切ありません。

兎角、大筒の形状ばかりに注目は集まりますが、それだけじゃ、弾丸が込められてないピストルと同じ。大人のおもちゃに過ぎません。

肝心な精子を製造、出荷しているのは、縁の下の力持ち、うちの工場なんですから。外壁に刻まれた〝Since1970〟は、精通した年、すなわち工場の創業年です。

それから半世紀近くも昼夜問わず、我々は働き詰めでした。それでもここまでやってこれたのは、工場長であるおやっさんの仕事に対するひたむきさに心を動かされ続けてきたからです。

「わしはただ与えられたことをしとるだけやて」

そううそぶいて照れ臭そうに笑うおやっさん。工員一同が、そんな昔気質の職人に惚れ込んでいるんです。しかし、ここ近年の精子不況で、工場内には閑古鳥が鳴いています。

仕方ありません。加齢による精子枯れですからね。

それに大筒も昔のようにはいきません。あって、2ヶ月に一度くらいですかね、ムクムクと稼働するのは。しかも、すぐに萎えちゃうわけですから工場としても困ります。

それでもおやっさんは諦めません。

『ネバー・ギブアップ！　備えあれば憂いなし』がモットーですから。

備えと言っても、鮮度がものを言う品でしょ。その日製造したものをその日の内にお出しするのが鉄則です。しかも精子不況で少量しかありませんからね、無駄撃ちと分かっているのにお出しするのはどうかと。

もちろん、そんな事情はおやっさんも知っています。

知った上で、「射精ＧＯ！」の号令をかけるんです。

意地なんでしょう。

今では勢いもありませんから、お漏らし程度で終わってしまいます。

「もう、わし、引退やな……」

そんな弱音を吐くおやっさん。

私は、自信を取り戻して貰おうと、ユーチューバーになることをお勧めしたんです。

考えたのは、若者向けの性の悩み相談番組。

おやっさんほどのオーソリティはいませんからね。おやっさんは快諾しました。

徐々にチャンネル登録者数も増えて喜んでいたところ、予想外のことが起きたんです。
不適切と見做《みな》されたおやっさんの発言に、
「昭和の金玉はすっ込んでろ！」
と、非難が殺到。
その上、私がいけなかった。
工場の現状も見て頂こうと、一度、外観を映したんです。

知りませんでした。
現代では、うちらも大筒同様、わいせつ物扱いなのですか!?
それで、番組は閉鎖を余儀なくされました。
以来、おやっさんは固く口を閉じ、立ち尽くしている姿はまるで木彫りの人形です。

ザシタレはつらいよ

雑誌タレント、通称〝ザシタレ〟。俗に言うタレントと違い、ふだんはライター。裏方であるが、企画ページを頼まれた時は顔出しもする。編集部としてはそんなザシタレを使うほうが安くつくし、上下関係もあって、何かと指示も出し易い。

企画ページのタイトルにそのザシタレの名前をあしらうこともあるが、それは後にルポとして書かせる原稿料以外は払わないことへの代償に過ぎない。

例えば僕で言えば、『みうらじゅんの流行スポット探訪』てな具合。ビデオスルーされた洋画の邦題みたいな扱いではあるが、本人は悪い気がしない。どころか、〝オレもとうとう冠仕事がきた〟と、親にその雑誌を見せ、喜んで貰うことまで考える。

「来週のどこかで」

いきなりそんな依頼を受けるのもザシタレたる所以。

「先方のスケジュールがまだ出なくてよォー」

と、C調《シー》な編集者が言ってくる。ちなみに〝C調〟とは、80年代のいわゆる業界用語。軽薄で調子のいいことを指す。

「今回はロケバス出してェーのビータ。キミには女子大生のアテンド役をして貰うからさァー」

何を言ってるのかというと、ビータとは旅の逆さ読み。そして当時、流行りの女子大生を連れての旅企画ページの依頼なのである。

「口説けるチャンスはいっぱいあるぜ！」

C調編集はそう言って高笑いし、「それに今回はキミにも衣装を用意するし、メイクだって付けるぜぃ」と、特別感を出した。

当日、朝早く指定された場所に向かうと一台のロケバスが止まってた。既に乗り込んでいたスタッフに挨拶をし、僕は大きなダンボール箱が置かれた隅の席に座った。

しばらくして、女子大生らしき彼女といっしょに編集者が現れた。待ち合わせは別のところでしたのだろうか？　いや、その仲の良さは夜のアテンドも済ませているカンジだ。道中、隣合わせの席で二人はすごく楽しそうに話し合ってた。

ようやくC調編集が僕を紹介した時、彼女が「えー!?　聞いてないよ」と、言ったのは、たぶん、自分だけのページだと思っていたからだ。

C調編集は「だっけ？」と惚《とぼ》け、「彼は今回の盛り上げ役だから。気にしないでちょ！」と言って彼女の機嫌を取った。僕は仕方なくフテ寝を決めることにした。

目的地に着き、車内で彼女はメイクさんに髪をブローして貰っていた。

「そうそう、キミもメイク、それに着替えも」

そう言うとC調は、その大きなダンボール箱の中から、仰天衣装を取り出した。

「え!?　これ、着るんですか？」慌てて聞くと、

「言ってなかったっけ？　アテンド役はピエロのカッコして貰うって」

そこまでは聞いてない。言葉を詰まらせているとC調は、「頼むよ、わざわざ借りてきたんだぜ！　今回は出演料も払うからさぁー」と、言った。

高校時代、フォークギターでこんな歌を作ったことがある。


〝ああ、君のためならピエロになってあげる～♫〟

それはあくまで道化役の例え。フヌケたこと歌ってんじゃねえよ、過去の自分！　一度なってみれば分かる。ピエロはメルヘンなんかでもなく、ただただ切ない役どころだってことがさ。ザシタレはつらいよ……。

「食い込んでる」

ラブラブ期が少し過ぎると、やって来るのは〝なぁなぁ期〟というやつ。

世間ではそれを倦怠期と呼ぶが、そこまでの深刻さは全くない。

「恋人を通り越してもう、兄妹みたいなカンジだよね」

と彼女は言うが、ひとりっ子で育った僕にはイマイチ、そのカンジが摑めずにいた。ただひとつ、気付いたのは、ラブラブ期には決して言わなかったセリフを彼女がやたら言うようになったこと。特にこの強烈なセリフは初めて聞いた時、一瞬、自分の耳を疑ったくらいだ。

「食い込んでる」

〝初出場で堂々2位に食い込む〟や〝会議が昼休みに食い込む〟のそれではない。

当然、パンツがお尻に食い込んで気持ちが悪いと言っているのだ。それから、二人で街を歩いてる時は必ず一度は「食い込んでる」が出るようになった。ひとり言だと思い、聞き流してはいたが、とうとう僕の顔を見て「食い込んでる」と、今度は訴えるように言った時、こちらとしても何かしらコメントを述べなきゃなんないような気がした。

しかし、それは女性のデリケートゾーンも関与している案件。ヘタなことは言えない。

「マジ？　何で」と、惚けて返したところ、彼女はこう言ってきた。

「最近、太ったせいかなぁー、ヤバイよね」

ここで相槌など打とうものなら、それに同意したことになる。

「そうかなぁー、ちっとも太ってないけどなぁ」と、さらに惚けて返した。

しばらくして彼女はワンサイズ大きめのパンツを買ってきた。しかし、それでも「食い込んでる」は止まなかった。

〝もう、こうなるとパンツの構造自体に問題があるのかも知れない〟

今度は二人で真剣にそんな論議を交わした。男の下着はブリーフやトランクス、ボクサータイプなど数種ある。肌に密着するブリーフは、当然、食い込み易いし、蒸れ易い。

その点、裾が大きく開いたトランクスは通気も良く、食い込み難い。

「なるほど。原因は大きさではなく、それかもね」

彼女はとても納得した様子だったが、

「もひとつ聞いていい？」

と、言ったので僕は得意気に、「パンツのことなら何なりと」と、返した。

すると、「昔から謎だったんだけど、ブリーフの中に収まったオチンチンって、いったい、どんなカンジなの？」と、聞いてきた。

どんなカンジと言われても困るが、たぶん彼女は『ポール・ポジション』のことを言っているのだろう。

ポール、すなわち棒。平常時のそれのベスト・ポジションを教えてほしいのだ。

これも当然、ラブラブ期にはなかった質問。

僕は「知らないと思うけど」と前置きして、映画化もされた『右曲がりのダンディー』という漫画のタイトルを引き合いに出した。

「右曲がりだったんだ、主人公のオチンチン」

「そうなんだよ。それには右曲がりもあれば左曲がりもある。だから決まったポジションなんてないんだよ」

「そうなんだ」

「でもね、それぞれにしっくりくる位置は必ずあって、そこじゃないと一日中、気持ち悪かったりするんだ」

でも、こんな会話、実際の兄妹はしてないでしょ？

今後の言語表現

『老いるショック・セミナー①　〝今後の言語表現について〟』

早速ですが、人は歳を取ると赤ちゃんに戻ると言いますが、どうでしょう？

そこの、べっ甲のメガネをお掛けになった方に少し、お聞きしたいのですが。

「べっ甲？　そんな高価なものじゃないです。これはプラスチック製ですから」

とてもお似合いですが、それをどこでお買いになりましたか？

「どこでしたかねぇ……確か、じょちゅとか何とか言う店だったと思いますが」

〝じょちゅ？〟

それはたぶん『Ｚｏｆｆ《ゾフ》』のことですね。

「そうです、それです！」

貴方のお名前は？

「はい、田中と申します」

いや、田中さんはね、今回、取り上げるテーマにピッタリのお答えをされました。みなさんはお気付きになりましたか？

（教室内、少し騒つく）

「先生、それはどういうことですか？」

あのですね、田中さんは今、店名を赤ちゃん言葉で返されたじゃないですか。

「いや、私はそんなつもりで言ったわけでは……」

〝じょちゅ〟、その響きがとてもカワイくて、そんな田中さんだったら将来、お世話をしてもいいかなって気にもなります。みなさんも、そう思いませんか？

いくら歳を取ったからと言って赤ちゃんに戻ることなんて土台無理なんです。

まず、見た目が全然違いますでしょ。身体のサイズはもちろんのこと、肌艶にも雲泥の差があります。

それに人間は歳を取るとどんどん頑固になり、怒りっぽくなるんです。

コラ！　バッキャロー!!　なんて怒鳴り散らしてる赤ちゃんなんて見たことがないでしょ。

（教室内、笑いが起こる）

で、今回は、まわりからカワイイなと思われる言語表現をレクチャーしていきたいと思います。

私が黒板にいくつかの単語を書きますので、みなさんは、それを、赤ちゃん言葉で返して下さい。いいですか？

じゃ、そこのベレー帽の方。これはどうでしょう？

『主義主張』

「えーと、ちゅぎしゅちょう、でしょうか？」

惜しい！

「ちゅぎちゅちょう」

そうです！　グッとカワイくなりました。

じゃ、そこのループタイの方。これは？

『新陳代謝』

「ちんちんたいちゃ、でしょうか？」

ナイス！　ちんちんが効いてますね。

じゃ、首にスカーフのご婦人。これは？

『現代美術』

「よく意味が分かりませんが」

いや、意味など考えなくていいですから。

「けんじゃい……びじゅちゅぅ、かしら？」

甘えたカンジが最高です！

次、マドロス帽をかぶっておられる方。

『ダウ平均株価』

「じ、じゃう、ちぇーちんきゃぶきゃぁ!!」

叫んじゃいけませんよ。少し難しかったようですね。

　じゃ、短いこれはどうです?

『セックス』

「ちぇっくちゅぅ〜!!」

ダメダメ、叫んじゃ。意味が出ちゃいますから。

「すいません……無骨なもので」

ご自宅でくり返し練習をしておいて下さい。

じゃ、今回はこれでおちゅまいでちゅ。

正しい差し込み方

『老いるショック・セミナー②　〝正しい差し込み方〟』

おはようございます。

早速ですがみなさんは、シートベルトをスムーズに装着出来ますか？

そこのべっ甲もどきのメガネの方、確か田中さんでしたよね？

「はい、田中です。私はずっと自家用車なもんで」

なるほど、シートベルトの扱いには慣れてらっしゃるということですね。

じゃ、お隣のマドロス帽をおかぶりになった方は、如何《いかが》ですか？

「わしは何の免許も持っておらんもんで」

そのお帽子からして、てっきり船舶免許をお持ちだと思いましたが（笑）。

「ここだけの話ですがね、妻にもずっと無免許で乗ってる始末で、ガハハハ」

（教室内、騒つく）

その笑えない昭和ジョークですが、今では完全にアウトですから、これからは慎んで下さい。

「……」

（マドロス帽の生徒、バツが悪くなり教室を退出）

お静かに。みなさんも下品な発言は気を付けて下さい。

じゃ、改めましてベレー帽の方にシートベルトについてお聞きします。

「いや、それにはいつも難儀しておりまして」

それはどういう作業に於いてですか？

「引っ張った時にそれ以上伸びなくなって……」

それ以上といいますと？

「ベルトが差し込み口まで届かないんです。毎回、焦りますよ」

それでいつもどうされているんですか？

「同乗してる妻に助けて貰ってます」

奥様はお上手なんですね。

「何に於いても妻は上手ですから（笑）」

押しても駄目なら引いてみなという、恋愛テクニックはご存じですか？

「聞いたことがあります」

これはシートベルトにも言えることなんです。

構造上、引っ張る途中で止めると自動ロックがかかってしまいます。

男は突然の拒絶に弱いもの。焦る気持ちは分かりますが、ここは冷静になって、一旦、ベルトをお戻しになる。これがポイントです。

「それは手を掛けたままの状態でですか？」

ですね。手を離す必要はありません。それで背負い投げのイメージで肩から一気にグイッと。

「分かりましたが、その先も私には難儀でしてね」

さては差し込み口が見つけられないとか？

「お恥ずかしい話ですが」

いや、タクシーの場合など、差し込み口がシートにめり込んでいることがありますから、見つけにくいのは確かです。

それに隣の差し込み口と近いでしょ、間違いやすいですよね。

「隣には入らないんですか？」

入らないこともないですが、カチッとはいきませんね。

「先端の金具の形状はよく似てますが、定められた差し込み口じゃないとハメられません」

「はい。よく分かりました」

じゃ、本日の注意点を。

（先生、黒板に書く）

・伸びなくても焦らない
・押しても駄目なら引く
・差し込み口を確かめる

・無理矢理、隣に差し込まない

（生徒、メモを取る）
以上です。
ひとりでも出来るよう練習しておいて下さい。
それでは次の講義まで、さようなら。

怪獣博士のラブレター

『ゴジラ－1・0』、アカデミー賞受賞の吉報！

出来ることなら、小学生だった頃の僕にも教えてやりたいものだ。きっと、得意気にこう言うだろう。「いつか日本の怪獣映画は獲ると思てたわ！」と。

でも、内心は複雑だ。今まで全く興味なかった者たちまでもが、これを機に、にわかゴジラファンと化すからである。それでは、自称だが『怪獣博士』のプライドが許さない（ちなみにそのプライド、〝意固地〟と訳すのが正しい）。

それでも言わせてほしい。勉強も運動もイマイチだった当時の僕にとって、怪獣の知識だけが唯一の自慢。そんな流行ばかりを追いかけてる奴らといっしょにされては困るんだ。

「ねぇ、昨日の『ウルトラマン』見たぁ？」

「見た見た！　ピグモンって怪獣、めっちゃカワイかったよねぇー」

学校の休み時間、こんな会話を耳にしたもんで、怪獣博士は堪ったもんじゃなかった。たぶん小さな身体でピョコピョコ動き回るその仕草をカワイイと言ってるのだろうが、よく見たか？　その形態を。そもそもは『ウルトラマン』の前の番組『ウルトラQ』に登場する宇宙ロボット怪獣〝ガラモン〟。それがピグモンのルーツなんだから。だから顔は魚のおこぜのように不気味で、何を考えているのか分からない。でも怪獣としては〝そこがいいんじゃない！〟

会話に分け入って怪獣説教をかましたいところだが、勇気もないし、第一、そのメンバーの中に初恋の彼女も混じってる。遠目に見つめていたら、何と、彼女が、

「ねぇねぇ、純ちゃんはもちろん『ウルトラマン』見たでしょ。カワイかったよねぇ、ピグモン。そう思わない？」

と、突然、僕に同意を求めてきたではないか。これにはまいった！

怪獣を取るか、恋心を取るか……。いや、僕は迷わず、

「カワイかったなぁー」

と、返したのだった。

日頃、照れ臭くて話し掛けたことなどなかったが、またとないチャンスの前に、プライドなんてフッ飛んだ。それに僕は毎回、父親に頼んでテレビに映った怪獣を画撮して貰っていた。

一次の日曜日、遊びにおいでよ。うちには怪獣の本いっぱいあるから」

初めて打ち解けた気がして、そんなことまで言ったのは、ピグモンの画撮写真の現像が間に合うと思ったからだ。

彼女だけを誘ったつもりだったが、当日、うちには3人の友達を連れ、やって来た。大切な

怪獣本を、お菓子を食べた手で触る者もいてとても不快だったが、そこは努めて陽気に接待したつもり。

でも、しばらくすると、みな、怪獣にはすっかり飽きた様子で、別の話題で盛り上がっていた。そして彼女が、「そろそろ帰りましょうか」と、言って立ち上がった時、僕は慌てて机の引き出しからピグモンの画撮写真を入れた封筒を取り、小声で「コレ、内緒な」と言って手渡した。

彼女は不思議そうな顔をして帰っていったが、きっと喜ぶだろう。

それに、その中にはもう一枚、僕の描いたオリジナル怪獣の絵が入っている。当然、誰も知らない怪獣を〝君だけに見せる〟。

そんなラブレターのつもりでいたが、後日そちらに関しての反応はゼロ。いや、彼女の採点はマイナスワンだったかも知れない。

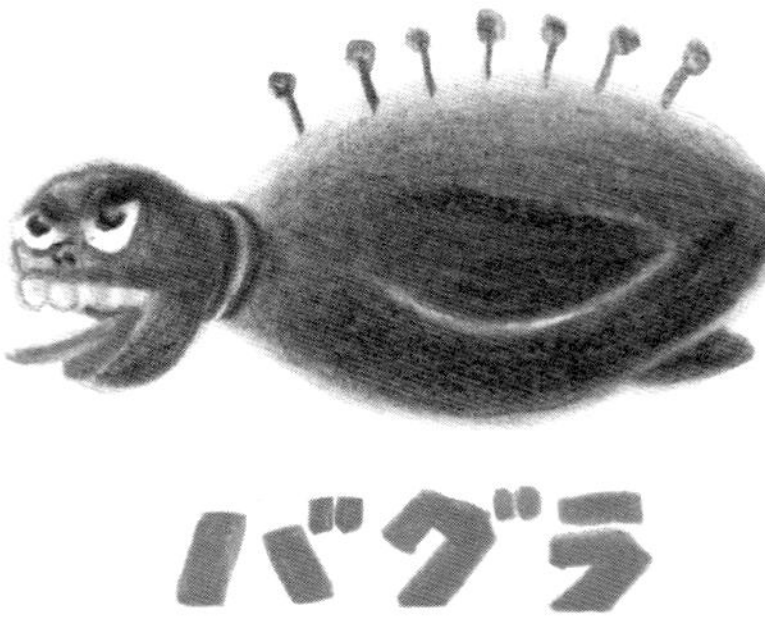

今回は、当時の絵を少し立体的に復元してみた。

ダーティヒストリー

〝だておーるめーん♫〟

と、深夜ラジオから流れてくるスリー・ディグリーズの大ヒット曲。邦題は『荒野のならず者』である。よくは知らないが、彼女たちが歌う、そのフィラデルフィア・サウンドってやつにグッときて、期末テストが終わればそのレコードを買うつもりでいた。

中学生になって初めて観た映画は、リバイバル上映の『荒野の七人』。それで西部劇が大好きになった。だから、『荒野のならず者』も、てっきりそんな内容の歌だと思ってた。

〝だておーるめーん♫〟

しかし、僕がよく口ずさんでるサビの部分。それが原題だということを知る。

「それ、ダーティ・オールド・マンやろ」と、友達に諭された。

なるほど、荒野のならず者はマカロニウエスタンのほうか。

「ポンチョを羽織った髭面のダーティ・ヒーローのことを歌ってるんやな」と返すと、「クリント・イーストウッドのことではないやろ！」と、友達はツッ込んだ。

「だって、ダーティ言うたら、ハリーに決まってるやろ」

マカロニウエスタンで再起を果たしたイーストウッド。当時の新作は刑事もの『ダーティハリー』だったから。これも大好きな映画だった。

「お前、ダーティって意味知ってるんけ？」

「汚れた、いう意味と違うん？」

「ま、それもあるけど、この歌のダーティはいやらしいと訳したほうがピッタリくるわな」

英語がよく出来る友達の言うことだ。「つーことは〝いやらしいジジイ〟って、タイトルなわけ？」と、僕が返すと「ま、そうなるな」と、言って笑った。

〝いやらしいジジイ、我慢出来ないのね、触らないでと言ってるでしょ〟

どうやら実際にこんな内容の歌詞だったみたい。逆に、そこがいいんじゃない！　スリー・ディグリーズ、と思った。

そんな〝ダーティ〟の歴史。１９７３年には、マリリン・モンローの再来！　と呼ばれた米ポルノ女優、シャロン・ケリーの『秘密ポルノ放送／ダーティサリー』（原題〝The Dirty Mind of Young Sally〟）が公開。

１９７４年にはスーザン・ジョージと、ピーター・フォンダによる『ダーティ・メリー／クレイジー・ラリー』（原題同じ）公開。これは一応、カーアクション映画だったけど、観客はスーザンのダーティぶりがお目当て。

そして1981年に公開され、全米アダルト映画批評家協会賞を6部門も受賞した『私に汚い言葉を云って』（原題〝Talk Dirty To Me〟）が極め付け。

ダーティハリーから始まったダーティブームは、これでようやく沈静化することになる。

でも、青春期（いやらしいジジィにとっての〝性春期〟）、僕が一番お世話になったダーティは、エロ漫画家のダーティ・松本さん。

絵柄もストーリーもグッときて、随分、単行本を集めたものだが、「貸してくれや」とエロ友にせがまれ、今では数冊残すのみ。ちゃんと返せよな！

30年近く前、一度、ダーティさんの仕事場に、インタビューかたがた、おじゃまさせて頂いたことがあった。そこでダーティさんから教わった、立派なエロ漫画家になるための心得十ヶ条。〝孤独の反逆者たれ〟と〝頭で描くな、男根で描け〟は、今もたまに思い出すことがある。

3月29日（金）晴れ

山田五郎氏の連載対談に呼ばれ、講談社へ。この建物に入るのは何年ぶりか？当時、創刊して間もない『ヤングマガジン』の編集部に漫画の持ち込みをしてた頃だから40年以上も前になる。旧館は昔のまま。階段のところは大理石。漫画がボツった帰り、落ち込んだ気持ちを少しでも盛り上げようと、大理石の中に化石が埋まってないかと捜したものだ。結局、ひとつも見つけられなかったが。

今ではタバコを喫う友達は山田さんだけ。対談前に社内の喫煙所に案内してくれた。山田さんはかつて、講談社の編集者。『ホットドッグ・プレス』の編集長も務めてたことがある。当然、社内には詳しい。二人でしこたま喫って対談場所に戻る。ここはかつての社長室だという。銅像を写真に撮る。対談内容は、老人たちは今後どう生きるか。山田さんは65歳、僕は1学年上。読者も当然、高齢化してる。対談後、喫煙出来る居酒屋を予約。その続きを長々喋った。

3月30日（土）晴れ

朝10時からかかりつけの歯医者へ。もう、自分の歯は少ししか残っていない。オカンは今でもその原因を、小さい頃にパラソルチョコレートを食べ過ぎたせいだと言って憚らない。どうだろう？　高価なインプラントの歯は死後、金のように形を変え再利用出来ないものか。しかし、焼き場で拾うのは無理だろうし、そうなるとギリ生前に抜くことになる。それも嫌だな……そんなことを思っていると治療が済んだ。

3月31日（日）晴れ

高円寺の銭湯〝なみのゆ〟に行く。駅前の定食屋でハンバーグのランチを食べ、商店街を見て歩く。かつて僕が〝日本のインド〟と名付けた高円寺。今ではすっかり様変わりしてる。オシャレな雑貨屋でアニメ『おさるのジョージ』の黄色い帽子のおじさんがメインにプリントされたバッグと、銭湯近くの商店で『フィギュ和』（昭和の土産物人形）を2体。次の「マイブームの全貌展」で並べるつもりで買う。

4月2日（火）晴れ

よく行く映画館は最近、老いるショッカー向けの旧作をたまに上映してる。仕事の都合で観に行けなかった『007／サンダーボール作戦』は、僕が小2の時、初めて観た007だが、ボンドのスパイ活動よりエロエロ活動のほうがより記憶に残っている。連れてってくれた父親も、さぞかし気まずかったことだろう。

今日は『夕陽のガンマン』を観に行った。当然、そのＤＶＤは持っているが大画面で観るのは初めて。とてもワクワクした。
主演のクリント・イーストウッドは賞金稼ぎ。テンガロンハットにポンチョ姿。髭面で、やたらタバコを喫う。１９６０年代、大流行したマカロニウエスタン。憧れたのは、そのアウトローっぷりだ。それは当時のロックにも通じるところがある。
平日の朝イチ上映回。僕を含めたかつての憧れ組が劇場に30人ほどいた。流石にポンチョ姿の老コスプレイヤーはいなかったけど、それなりに濃いメンツ。言うなれば『アウト老』である。
映画館を出てもなお、エンニオ・モリコーネの音楽が頭の中でループし、昼間だったけど僕には夕陽が見えていた。その足で画材屋に寄り、キャンバスを2枚買い、とんこつラーメンを食べて帰った。

続・アウト老日記

4月5日（金）雨のち曇り

安齋肇さんの展覧会場でトークショー。つかみはベタだが「誰が言ったか知らないが、言われてみれば確かに聞こえる空耳アワーのお時間です」と、タモリさんの口調をマネてみた。すると安齋さんは「みうら君のモノマネ、あの人のモノマネのほうに似てるよ。ほら、あの人だよ、あの人！」と、言うばかりで一向に名前が出てこない。僕が「ジョニー志村さんでしょ」と言うと、安齋さんは「そうそう、そんなカンジの人」と、曖昧な返しで笑いを取った。その後、月島の居酒屋で打ち上げ。

4月7日（日）曇り

画材を買いに行くと、いつもデパートに寄る。おもちゃ売り場でソフビの怪獣を物色するのだ。キモイと思われても構わない。こちとら年季の入った怪獣ジジイなんだから。『ウルトラマン』に登場したバニラとアボラスという怪獣を2体買って帰る。

4月9日（火）曇り

雑誌『ＳＰＡ！』で長らく連載しているリリー・フランキー氏との対談。

コロナ禍からＺｏｏｍで行うようになったが、いつも通りの話題に落ち着く。「また今回も金玉の話ですか」と、編集者は呆れたように言うが、これもコンプライアンスってやつを考えた上での金玉トークである。ね、リリーさん。

4月10日（水）晴れ

ＣＳの衛星劇場。新番組の収録のため、代官山のスタジオに向かう。時間より早く着いてしまったので、慣れないオシャレな街を少し散策した。その道すがらコガネムシを見つけ近寄ると、２匹。〝これは絶対入ってる〟交尾中だった。

しかも、道の真ん中で堂々と。人に踏まれてしまう恐れがある。せめて道の端に寄せてやろうと考えた。でも、２匹同時に摘まみ上げるのは無理だから、ここはスライド方式。スタジオの地図がコピーされた紙を、２匹のいる近くの地面に敷いた。どうにかその上に繋がったままで移動しないかと、しばらく待ったが、ちっとも思いは伝わらない。時計を見るとスタジオ入りの時間になってた。君たちの交尾は人間と違い、やたら早いと聞いているが、まだやるつもりか。もうこれ以上は待てない。紙をさらに近づけたら、２匹は慌てて別れ別れに飛び去った。何だかとても悪いことをしたような気がした。ちなみに新番組のタイトルは『みうらじゅんのザ・チープ』。

4月11日（木）曇り

昨晩、こんな夢を見た。僕の目の前に2着のレオタードが吊してあり、どちらを買おうか悩んでいるのだ。股間の部分に余裕があり、それは男性用のレオタードとみた。手前はグレー、重なっているのはピンク。でも、悩んでいるのは色ではなく、レオタードに大きくプリントしてある絵柄だ。グレーのには京都御所の蛤御門《はまぐりごもん》。ピンクは建仁寺の俵屋宗達《たわらやそうたつ》が描いた風神雷神図。いや、雷神は既に売れたとみえ風神バージョンのみ。値札はないが、結構値が張るものに違いない。買ったとしても着用する気はない。ただ面白グッズとして欲しい。それが判断を鈍らせているのだ。でも、考えてみろ。そんなレオタードに出会うことはまたとない。きっと後悔するぞ！　自分にそう言い聞かせてるところで目が醒めた。

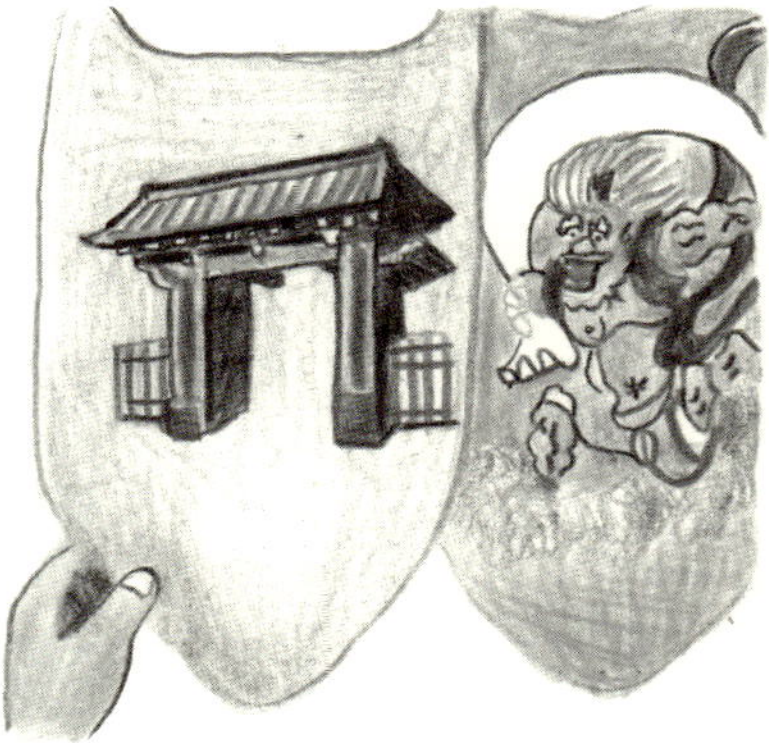

先月、京都に行った時、あまり土産物を買わなかったせいで、こんなバカ夢を見たのだ。でもこれが正夢であれば、今度は悩まず2着まとめて買うと心に決めた。

続々・アウト老日記

4月15日（月）晴れ

うちの仕事場に、いとうせいこう氏来訪。自主ラジオ『ご歓談！』収録。話は先月、5年ぶりに再開した『見仏記』のことから。滋賀県の仏像を3日に亘り見て回ったのだが、琵琶湖周辺、湖北から湖南に及ぶ地帯〝仏《ぶつ》ゾーン〟の最新お供えもの〝アルフォート〟。ブルボンのお菓子アルフォート（大きな袋詰め）がやたら仏前のお供えになっているのを目撃して以来、気になって仕方がない。それと、アルフォートが造語で、冒険、夢、ロマン等をイメージしたネーミングだなんて情報、知ったもんだから、いとうさんとは何度話しても盛り上がる。パッケージの色をアルフォート・ブルーと命名した。

4月16日（火）晴れ

Ｚｏｏｍでアメリカにいる町山智浩氏と映画対談。町山君は40年ほど前、雑誌『宝島』の担当編集者だった。「まだ怪獣とか言ってる幼稚な奴はみうらのとこ行け」と、上司からの命令だったという。以来、そこだけはずっと同志。今日も結局、怪獣話になったが、昔のようにスッと出てこない名前もあって、とてももどかしかった。

夕方、ＪＲ駅構内にある〝いろり庵きらく〟で、ちくわ天そば（温）を食べながら脳トレをする。それは、店内の看板に書かれた〝江戸のそば文化の普及には屋台のそば売りが大きく貢献しました――〟から始まる文面を丸暗記して脳の活性化を図るというもの。〝屋台のそば売りは、簡素な荷箱を担ぎながら二八の看板を掲げていました――〟。1年ほど前から始めたが、見なくてもスラッと出るのはギリ7行。後の行は全く覚えられない。

4月17日（水）曇り

昨晩、イワシの群れの中にいる夢を見た。自分もイワシだったかどうかは分からないが、群れに遅れまいと必死になっていた。そんな夢を見るのにはハッキリとした理由がある。最近のマイブームがイワシの群れだからだ。キャンバスに細かく一匹一匹描く修行もしている。おしっこで目が醒め、夢はそこまで。

4月18日（木）曇り

『ほぼ日』から老いと死についてのインタビューを受ける。得意気にコロナ禍で始めた〝老《ふ》け作り〟について話す。老け作りといや、すぐに出る例えが黒澤明監督作品『生きる』。

その老いぼれた主人公を演じた志村喬さんは、当時、まだ、47歳だった。もはや笠智衆さんと肩を並べる老け作りキングなのである。若作りの逆をいくのもアウト老のヤリ口。だから「あの人、急に老けたねぇ」は、賛辞なのである。喋り疲れて9時半には就寝。

4月19日（金）晴れ

今年の初めからプロデュース活動を始めた写真集。とうとう夢が叶って手元に届く。『SPA!』で連載してる〝グラビアン魂〟に4回も出演して頂いた沢地優佳さんの写真集である。

こだわったのはデジタルじゃなく紙ってとこ。神対応よりも紙媒体を愛する世代としては、どーしても紙の写真集を出して欲しかった。出版不況だけど、まだ出せるってところを知って貰いたかった。

エスキース（撮影用の下絵）は全部、僕が描いた。実は沢地さんとはこれまで一度もお会いしたことがない。僕の妄想全開なエスキース、いやエロキース。どう思ってらっしゃったか？　来週、写真集発売イベントで初めてお会いするので、先ず謝ってからそのところ、お聞きしようと思っている。

続々々・アウト老日記

4月19日（金）曇り

夜、TBSラジオ『武田砂鉄のプレ金ナイト』にゲスト出演。武田さんはいつ会っても僕が最近気になってることをご存じで感心するし、有難い。主に〝大黄金展〟と〝アルフォート〟について。ここにきてデパートの催事、大黄金展が話題だが、僕は何年も前からそのDS な様に注目してた。買ったのは500円そこそこの黄金（金メッキ）ペンだけど。毎年、その年の干支が巨大な黄金像で作られ店前に並ぶが、そこは撮影OK。干支コンプリートを目指しているなんて話をした。武田さんは僕がかつて考案した〝Since〟Tシャツを着てくれていて、そんな気遣いも大変、嬉しかった。何にせよ『プレ金ナイト』放送1周年、おめでとうございます。

4月20日（土）晴れ

朝起きたら頭の中でNAYEONさんの『POP!』という歌が流れ出した。昼、青山ブックセンターで『廃仏毀釈』という本を買う。その帰り喫茶店に寄る。3年前まで苦手だったコーヒー。一口飲んだだけでお腹が痛くなったものだが、これも老いるショックの効能か今ではびくともしない。いずれブラックに挑戦するつもりだが、本日はカフェオレ。夜は友人と〝ビデキ〟と勝手に呼んでる焼肉屋へ行く。ヒデキとはもちろん西城秀樹さんのことである。
２０００年に東京厚生年金会館で行われた秀樹さんのコンサート。そのパンフレットに原稿を書かせて頂いたこともあって終演後、挨拶かたがた（片方《かたがた》さんは当時、秀樹さんのマネージャーだが）楽屋を訪れた。その時「これから焼肉行かない？」と誘われ、連れてって貰ったのがその店。秀樹さんが直々に焼いて下さった、そんな思い出を噛み締めながら……。頭の中で『ブーメランストリート』が鳴っていた。

4月21日（日）雨

夕方、中目黒のライブハウスに行く。安齋肇さんや古田たかしさんたちが組んだバンドのツアー最終日。その飛び入りゲストとして呼ばれ、『カリフォルニアの青いバカ』をギター掻き鳴らし歌った。35年も前、深夜テレビ番組『いかすバンド天国』に出場した際、披露した曲だが、実はそれ以前、久本雅美さんの初ライブで、「みうらも何か作ってぇーな」と頼まれ書いた楽曲なのである。当日、ステージでは歌詞が覚えられなかったとみえ、ハミングしてた。それも遠い遠い日の思い出。

4月22日（月）雨のち曇り

週末から始まる展覧会の準備。描き溜めた絵をイベンターにお渡しする。夕方、神田神保町・書泉グランデで、手掛けた紙の写真集『Venus, y』の記者会見。熟女グラドルの沢地優佳さんと、プロデュースをしときながら初めてお会いする。気持ちはカンバック童貞。とても緊張した。記者からここまで初対面を引き延ばした理由を聞かれ「妄想をフルに膨らますため」と答える。僕は撮影のためのエスキースを何十枚と描いたが、どれもエロキースだった。優しい沢地さんから「私の夢が叶いました」と言って頂いたが、僕は後ろメタファーでいっぱいだった。

4月24日（水）曇り

昼、仕事場で1年前に使ってたスケッチブックをペラペラめくっていたら、こんな絵が出てきた。僕の考える〝鳥貴族〟（通称・トリキ）のイメージ。洋と和で描いたが、どうか？

ブンバイの悲劇

〝ＪＫＹ48〟

これ、すなわち僕が上京してきて今年で48年目を迎えたってこと。かと言って、決して東京にやたら詳しいわけじゃない。特にオシャレなスポットってやつには全くもって疎い。

そんな僕なのに、東京に住んでるっていうだけで昔はよくこんな電話が掛かってきたものである。

「なぁ、今度、そっちに行くさかいお前のアパートに泊めてくれや？」

泊めるのは構わないけど、オシャレスポット巡りに付き合わされるのだけは嫌だ。またもそれ目的だと思ったら高校時代の友達Ｎは、迎えに行った東京駅で、「実はな明日、文通相手に会う約束しとるんやわ」と、言った。

確か東京のコと文通をしてると聞いたことがある。てっきりひとりで会いに行くもんだと思ったら、「けどな、困ったことに約束した場所がよう分からんねん。お前、案内してくれへんけ？」ときた。

「いや、僕も分からんと思うで」と、一応そう返した上で、文通相手の手紙に書かれた待ち合わせ場所を見た。

『分倍河原駅　改札前で』

〝えー⁉〟

「ここ、彼女の家の最寄駅やと思うねんな」

送り主の住所は東京都府中市――となっている。

「そもそもこの駅名、何て読むんや？」

聞くとNは、「ブンバイやろ」と、まるでインドの地名みたいに言った。

そんなことを話し合っても埒が明かない。ここは、駅員さんに尋ねてみるのが早い。

「ぶばいがわらは新宿から京王線に乗り継いで――」と、親切に教えて貰った。

翌日、車内でソワソワがマックスに達した様子のNが、こんなことを言った。

「今夜はお前のアパートに戻らへんかも知れんから、よろしく」

「彼女の家に泊まるつもり？」と、返すと、「ま、成りゆき次第やけど、せっかくの東京や、オシャレなラブホに泊まるつもりや」と、大きく吹いた。

一度も写真交換をしたことがないという。本当の意味での初対面である。東京に大きな期待を抱いているのは分かるけど、そんなにうまくいくか？　相手もそのつもりなら、せめて新宿や渋谷といった有名な繁華街を待ち合わせ場所に選ぶだろう。

分倍河原《ぶばいがわら》

麻布《あざぶ》

電車はNがブンバイと呼んだ駅に約束時間より少し遅れて着いた。慌てて改札を出たが、それらしき人物は見当たらなかった。Nは大層焦っていたがその時、先ほどから僕らの後ろにいたご婦人が、「ひょっとしてNさん？」と、声を掛けてきた。オカンぐらいの歳の人だと思った。僕は知らぬふりをしてその場から少し離れ、二人の様子を見守ることにした。

「どうもありがとうございます」

しばらくしてNは深々とご婦人に頭を下げ、菓子折りの入った紙袋を下げ、僕のほうにやって来た。

「用事は済んだわ」

その夜は当然、やけ酒。Nはアパートで、

「お前は知らんやろけど、ホンマはあの後、マフのオシャレな店でメシを食おうと思てたんや。ああー、もうどうでもええ。俺、明日帰るわ」

そのマフもまた、読み方が違ってたことに互いに気付いてはいなかった。

エロスク800冊突破記念巡礼

エロスクラップブック（通称・エロスク）が、とうとう800冊を突破した。

エロ本から切り取ったお好みの写真に再構成を加え、スクラップブック（コクヨ　ラ-40N）に貼り倒す手作業も45年目を迎え、今では僕のライフワークとなっている。

30代半ばの頃、一度、『タモリ倶楽部』で取り上げて貰ったことがある。

その回のタイトルは確か『エロスクラップ30冊突破記念祝賀会』だった。

ホテルの一室での収録だったが、出席者はみなフォーマルな衣装を着て、僕の作業を見守ってた。最後のページを貼り終えた瞬間、拍手が巻き起こり、僕は何だか偉業を成し遂げたような気になった。しかし、たかが30冊である。

それが、還暦を迎えた年には500冊に膨れ上がってた。流石にもうこれ以上作るのは体力的にも無理だろうと思っていたが、精子をかけた、もとい、生死をかけた作業は前にも増してスピードアップし、その後の6年間で、300冊も作っていた。

このままいくと70歳になるまでに千摺りならぬ、千貼りも夢ではない。そのためには健康に十分気を付けなきゃいけないが、あくまで貼るネタあってのエロスクだ。

〝神対応より紙媒体〟

現在の出版不況が少しでも回復することを願うばかりなのだ。

もう、誰も祝ってはくれないだろう８００冊突破。僕は初心を思い出すべく、先日、ひとりイベントに打って出た。

それは、45年前に、第1冊目を完成させた現場の再訪。

言うなれば、聖地巡礼である。

今回改めて、その現場がどこだったのか、よくよく思い返してみた。

上京して初めて住んだ所は三鷹にあった親戚の家。居候の分際で、そんな愚作業は行えない。

次の引っ越し先は荻窪のアパート。ようやく自由を得たが、その頃、僕は童貞喪失したてで、リアルエロに無我夢中。貼る余裕などなかったはず……。

だからその最初の現場は、美大時代に移り住んだ国分寺市東恋ヶ窪のアパートだ。間違いない。

そういや、1冊目の裏表紙には〝貸し出し表〟が設けられていた。たぶん、完成したことが嬉しくて、友達に見せびらかしていたのだろう。

「ひと晩、貸してほしい」

そんな要望に応えてのことだったと思う。

僕は国分寺を目指し、電車に乗った。

駅前は都市開発ですっかり様変わりしていたが、そこから徒歩で20分くらい行くと、懐かしい風景が見受けられた。

しかし、肝心の現場は道路拡張で跡形もない（写真参照）。

でも、左の森のような所はよく覚えてる。日立製作所の中央研究所（現・研究開発グループ国分寺サイト）の敷地だ。このフェンス（当時はコンクリート壁）の前が細い道で、道路標識が立ってる辺りに現場はあったに違いない。

僕は、〝エロスク、800冊突破したよ〟と、その辺りに報告し、清々しい気持ちで帰路に就いた。

そして、その日も作業をした。

死ぬまでキープオン・エロスク！　たとえそれが、二度と発表出来ぬものだとしても——。

妖婆に首ったけ

妖婆ブームがやって来るヤァ!ヤァ!ヤァ!

これは一体、どうしたことか？　10年ほど前からジワジワ進行していた熟女ブームではあるが、今ではすっかりドハマリしてる僕。そこに突然やって来た、さらなるブーム。自分でも少し、戸惑っている。

〝妖婆〟すなわち、不気味な老女。

ならば、それは大好きな熟女の延長線上のものとは考え難い。

が、いや、待て。

熟女の代名詞である〝妖艶な美しさ〟と、妖を同じくするではないか……。たぶん、僕がずっと気にかかっているのは不思議な魅力という意味の、妖《あや》しさだ。思い返せば小学生時代。既にハマー映画で、その洗礼を受けていた。

ハマーとはイギリスの映画制作会社ハマー・フィルム・プロダクションのことで、ドラキュラやフランケンシュタイン、ミイラ男やヘビ女など、その手の妖しい作品を数多く生み出していた。

当時、それらはくり返しテレビで放映されていたので、僕はその都度、必死で観てた。その中の一本に『妖婆の家』という映画があった。これは、特殊メイクで醜く変貌を遂げるモンスターものではない。生身のおばさんが主人公なのだ。

逆にそのほうが怖くて、以降、進んで観ることはなかった。だから、ここに来ての妖婆ブームには、僕自身の老いるショックによるところが大きい。

〝あの妖婆は一体、いくつくらいだったのか？〟

などと、つい思い出してしまったのだ。それがきっかけで『妖婆の家』のビデオを入手したってわけだ。当時、全く気付きもしなかったのは、その妖婆役を演じていたのが〝ハリウッド映画史上屈指の演技派女優〟と称されたベティ・デイビスさんだったこと。

そういえば80年代、彼女のことを歌った『ベティ・デイビスの瞳』という洋楽が大ヒットした。妖婆を通していろんなことが繋がってきた。

このハマー映画が制作されたのは1965年。彼女の生まれと照らし合わせると、当時は57歳だったことになる。

〝この妖婆、全然、今の僕より歳下じゃん〟

そりゃ、当時、小学生の僕からしたら、単なるおじいちゃんとおばあちゃんに見えたに違いないが。

誰しも歳を取ると、若作りを始める。

それなのに、たとえ役柄とはいえ、実年齢をさらに盛ってみせる老け作りには反逆のロック魂すら感じる。僕もそうでいたいと思う。

妖婆もの、捜してみるといろいろある。ソ連映画『妖婆　死棺の呪い』や、日本映画ではズバリ『妖婆』とか。

黒澤監督の『蜘蛛巣城』も観直した。

近作では『スペル』『テイキング・オブ・デボラ・ローガン』など、妖婆ものは作られ続けてる。

今回どうしても描きたかったのは、映画『何がジェーンに起ったか？』のベティさん。

当時、世界一〝怖いおばさん〟と言われた、記念すべき作品だったからだ。

バターでダメならマーガリン

〝あなたはバター派？　それともマーガリン派？〟

こんな質問、もしあるとしたら僕は「バターですね」と、答えるだろう。その理由の説明は、先ず、小学生だった頃の話から。当時は、大変、給食がマズかった上に、献立の取り合わせもＤＳだった。コッペパンが主食なのだが、おかずがひじきの煮物やおから。それに得体の知れない魚の焼きものもよく出た。キャベツは硬いところばっかりだったし、飲み物は牛乳とは似て非なる脱脂粉乳だ。熱湯で溶かしたそれは、まるで使い古された雑巾のようなニオイがした。毎度、鼻をつまんで飲んだが、口のまわりに白い膜がぴっちり付くのも大層、嫌だった。

給食の時間内に食べ切れなかった者は放課後、居残りをさせられる。

「全部食べるまで帰さへんからな」

と、言って薄暗くなった教室に顔を出す先生が怖かった。

僕を含めた常習犯は４、５人。半泣きで給食を口に詰め込むのだった。

だからカゼなどで学校を休んだ日は天国。

しかし、いやがらせのようにクラスメイトが帰り道、その日の給食を届けに来た。幸いにもおかずは含まれてはいなかったが、ランドセルに一度仕舞い込まれたコッペパンとマーガリン。特にマーガリンは劣化がひどく、包んだ銀紙はひしゃげているし、溶けて液体が染み出していた。触ると手がベトベトしてとても不快だった。

僕がバター派を名乗るのは、単にそんな理由。何もマーガリンを嫌ってるわけではない。高校時代には、

「バターでダメなら、マーガリンでやってみたら」

と、他人に勧めたことだってある。かと言ってそれはパンに付けるのではない。友人がこっそり学校に持ってきた、当時は大変、貴重だった海外のヌード雑誌にだ。

昼休み、教室は響《どよ》動めき立ったが、ページを開くと肝心の無修正であるはずの部分が黒いマジックで塗り潰されていたのだ。

「一体、誰がこんなことしとるんやろな?」

「空港に塗り潰し係がおるんと違う?」

「そいつは見とるんやろ。ズルイなあ」

それでも消し忘れがあるのではないかと、期待はした。すると、あるページのヌード写真の股間だけが、真っ白で驚いた。持ち主に聞くと、

「いや、バターを付けてそこを擦るとマジックが消えると聞いたもんで……」

と、言って苦笑いした。どうやら、そのせいで印刷自体も消えてしまったようだ。僕はその時、マーガリンを勧めたのだ。

しかし、その結果報告は何十年も聞いていない。

そこで今回、そのためにバターとマーガリンを買ってみたのだ。

左の写真を見てほしい。作業に励む僕（66歳）である。

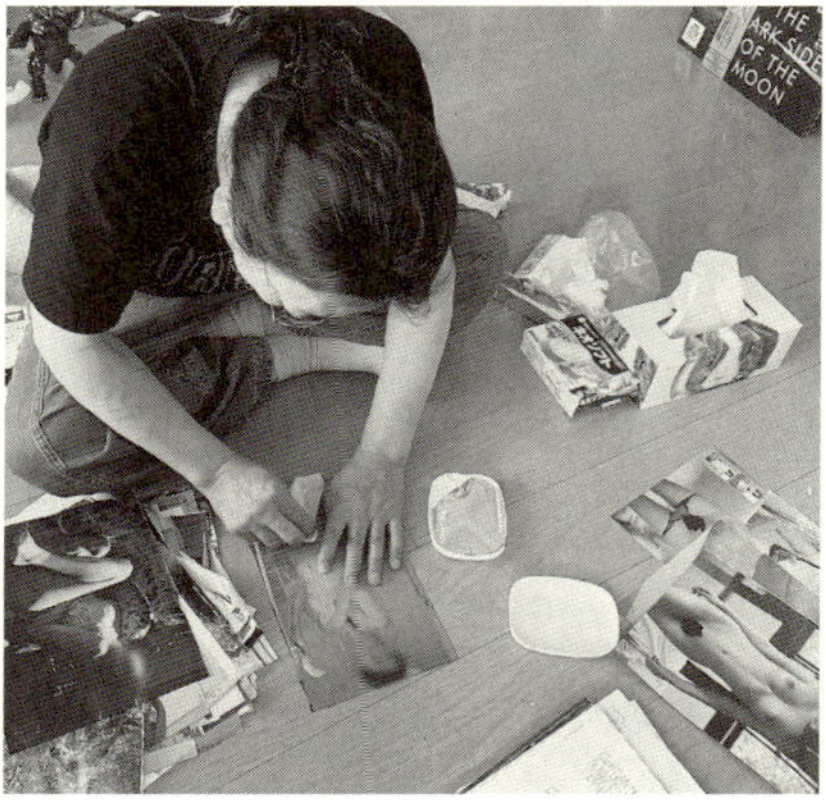

日本もヘア解禁して久しい。ここはわざとヌード写真の股間を黒マジックで塗り潰した。
そしてバターとマーガリンを別々のティッシュに付け、試してみたが、どちらもなかなか落ちない。
油性マジックが今と昔では違うのか？
それでも必死で擦っていると、どちらも少し白くなっただけ。僕の報告は、ここまでだ。

ノリノリでラブラブ♡

待ちに待った映画『マッドマックス：フュリオサ』。初日の、しかも初回上映で観た。前作『マッドマックス　怒りのデス・ロード』。これがもう最高で、全ての映画館は年がら年中、流しとけばいいと思ったほどである。

今回ももちろん良かった。ストーリーは単に行って戻ってくる。それだけのことなのだけど、スピード感とノリノリ度合がハンパない。結局、映画に限らず、人生というものはノリがいいか悪いか、それで決まると言っても過言ではない。

特につき合い始めた頃のカップル。ノリが合うかどうかは、先ず食事の選択で決まる。大概、男のほうから、「ねぇ、これから何を食べに行く？」と、切り出すが、それはあくまで打診。ラーメン屋に行きたくて堪らないのだ。

「うーん、何がいいかしらねぇ」

と、女が言うと、

「和食か中華、それとも洋食？」

男は次に大きく括り提案してくる。

「うーん、迷うなぁー」

女は飛びっ切りのカワイイ声でそう言うが、男の手の内は既に気付いている。わざと、

「じゃ、あなたは何が食べたいの？」

と、聞き返してくるのは、完全にラーメン胃になってるだろう男の優しさを試しているのである。男は、「そうだなぁー」と、考えるフリをする。そして、女の顔色をうかがいつつ、「どちらかというと中華かな？」と、少しラーメンに引き寄せる。

ここは彼女の手前、中華屋のラーメンで妥協しておくべきだが、男のラーメン胃はどこどこのラーメンと店名まで指定してくる。

そこで男は突然、思い出したようにこう話す。

「そうそう！　この間、先輩に連れてって貰ったラーメン屋がめちゃ美味くてさあ！」

つい声が大きくなるのは、ノリノリになってしまっているからだ。

ちなみに〝先輩に〟のくだりは嘘である。

「へぇー、そんなに美味しいんだ」

女は〝始めっから言えよな〟と、思いつつ、そんな子供っぽいところも嫌いじゃなかった。

「私も食べたーい！」

そう言ってノリに合わせてやることにした。

「本当⁉　ラーメンでいいの？　ちょっと並んじゃうかも知んないけど、大丈夫？」

男は、それですっかり二人はノリノリでラブラブと思い込む。

しかし、相手に合わせたノリはそう長く続かない。早くて数週間。

食事に出掛ける際、男がいつものように、「何、食べる？」と聞くと、女は間髪容れずこう言う。

「ラーメン以外！」

連日のようにつき合わされ、とうとう堪忍袋の緒が切れたのだ。


その時、男はこう思う。

〝騎乗位は好きなくせに、本当、ノリが悪いよなぁー〟

と、いうことで今回の絵は『マッドマックス　怒りのデス・ロード』でキープオン・ノリノリだったギター・ウォリアー。新作にも後半、ちょこっと出てくるから、要チェキ！

誰かと間違えてんじゃないの！

『老いるショック・セミナー③　〝もの忘れ〟』

おはようございます。

早速ですが、みなさんは近頃、もの忘れが激しくてお困りじゃありませんか？

「はい！　はい！」

いつも最前列に座っておられる田中さん、元気いっぱいな返事ですね。

「今日も授業の開始時間を間違えて随分早くから来たもんですから」

でも、遅刻なさるよりはいいことです。お座り下さい。

ところで、もの忘れに至るには段階というものがありますでしょう。

（黒板に書く）

〝正しく覚えてる→うろ覚え→すっかりド忘れ〟

の、順番ですね。

実はこの〝うろ覚え〟ってやつが、ド忘れよりとても厄介なんですよ。

みなさんも、うろ覚えでものを言って、とんでもなく相手を不機嫌にさせたことはありませんか？

「はい！　はい！」

田中さん。いちいち立たなくていいですよ。

「いやぁ、これは若い頃の話ですがね、当時、つき合ってた彼女に、つい、この部屋、前に一度来たことあるよねって言ってしまったことがあるんです」

それを聞いて彼女は？

「それ、私じゃない！　誰かと間違えてんじゃないの!!　って突然、怒鳴ったんですよ」

昔から全世界の男が自ら墓穴を掘った時、彼女に返される有名なセリフですね。

「いやぁ、その時は本当、参りましたよ。だって、帰っちゃったんですよ、それで彼女」

ところで、その部屋とは、さては？

「お察しの通り、渋谷、道玄坂の……」

やっぱ、ラブホですか。そりゃダメだ田中さん。

（教室内、大爆笑）

「いや、若気の至りです。今は女房と仲良く暮らしていますから」

でも、まだ、安心は出来ませんよ。

「マジですか？」

何せ老いるショック夫婦じゃないですか。田中さんの記憶が今度は間違っていなくても、奥様のほうがド忘れされておられる場合があります。それで突然、

〝この甘味屋さんに来たの、私、初めてよ！　誰かと間違えてんじゃないの‼〟

が飛び出すなんてことも。

「それは怖いですねぇー」

熟年離婚の原因にもなりますからね。

だから今後は、言いたくなっても我慢して下さい。

「了解しました！」

田中さん、着席をお願いします。さて、この中にはお孫さんがいる方もおられるんじゃないでしょうか？

「おりますよ、中学生の孫が」

どんな話をされるんですか？

「いや、孫の話はいつもチンプンカンプンで、ちっとも分かりません」

そうですか。ところであなたは〝Ａｄｏさん〟ってアーティストはご存じでしょうか？

「馬鹿にしないで下さい。当然、存じていますよ！」

自信満々にお答えですが、どんな方ですか？

「両手にマジックを持って同時にかわいいイラストをお描きになる――」
うーん、それは水森亜土さんですね。お孫さんの思われる方とは違います。
「……」
もう、時間です。その件についてはまた今度。

集活事始

先頃、『通常は死ぬ前に処分したいと思うであろう100のモノ』と、いう本を出して頂いた。このタイトルを見た人はとうとうあいつも終活を始めたかとお思いになるだろうが、大きく違う。僕の場合、終活ではなく〝集活〟をモットーにしてるからだ。

その本では取り分け困った〝いやら収集品〟を扱っている。

不適切が騒がれる世の中にあって、いやらしいグッズは最も不要であるが、考え様によっちゃ絶滅危惧種の類いだとも言える。ここはゴムヘビ同様、買って保護、保存することにした。

何十年後に現れるかも知れないニュー柳田國男さん。その時、僕の集活がきっと民俗学のお役に立つと思っている。

風呂に浸かりながらふと、一番最初に買ったいやらしい品は何だったのかを思い返してみた。当然、エロ本ってことになるが、もっとDSなものを手に入れた時が始まりだ。学生時代はそんなもの、買うセンスもなかった。

でも、何かきっかけは必ずある。

ずっと考えていたら、風呂でいつも流しているラジオから、ダチョウ倶楽部のリーダー、肥後さんの話題が出た。
それで〝肥後ずいき〟を思い出せたのだ。

肥後ずいきとは熊本県の名産品、ハスイモの葉柄を細く切って干したものである（ちなみにダチョウ倶楽部の肥後さんは沖縄県出身）。

ピン！ ときた方もおられるだろう。江戸時代の春画にその原型が描かれている大人のおもちゃとしても有名な品なのだ。そのパッケージには、〝ずいきこけし〟と記されていた気がする。

僕がまだ駆け出しの漫画家だった頃、ある先輩から旅の土産だと言って頂いたのだった。ぶっきら棒な口調でちょっと怖かった先輩はその時、「彼女に使えばぁ？」と言ってニヤニヤしてた。

しかし、僕は「こんなもの貰ったんだけど」と、差し出す勇気すらなかった。

それでしばらくアパートの押し入れの奥に隠していたのだが、引っ越しの際、運悪く彼女に見つかり、とても気まずい雰囲気になった。彼女もその形状にピンときたのだろう。必死で入手ルートを説明したが、彼女の機嫌は一向に直らない。

仕方なく「ごめん」と、彼女に謝って、その場で捨てた。いや、半ば強制的に捨てさせられたのだ。

今思うと滑稽な出来事であるが、たぶんいやら収集のきっかけを作ってくれたことは間違いない。改めて先輩に感謝である。

僕はそれ以降、やたら滑稽な品に反応するようになった。〝いやげ物〟（貰っても嬉しくない土産物）探しの旅を始めたのは30代半ば。昭和にしこたま生み出された、本当しょうがないグッズの数々（当然、エッチなものも含まれる）。僕はそれらを店で見つけると、手に取り即レジへ向かうという〝レジスタンス〟活動を続けている。

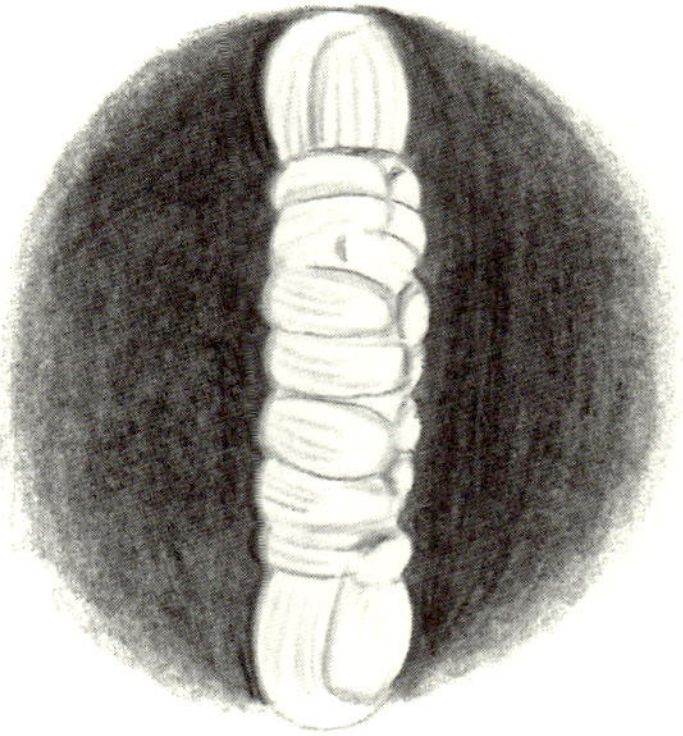

「何のために？」

聞かれると思って、民俗学の講釈を用意してみたが、本当のところは〝そこにしょうがないグッズがあるから〟としか言えない。

濁点禁止法

遂に『濁点禁止法案』が、国会に提出された。

濁点とは、濁音であることを示すために清音のかなの右肩に打つ2つの点。それが打たれた単語には清音だけで構成されたものよりも強そう、重そうなどに加え、マイナス・イメージを持つものが多く存在する。

例えば、法案に従い表記すると〝バカ・テブ・チビ・ハゲ〟などが相当する。このように単語から濁点を排除することでダメージを軽減させるのが狙いである。法案の呼び方も〝だくてんきんしほうあん〟が正しい。

今回はその審議の模様をお届けする。

「後藤君」

野党側からの質疑――

「いやいや、違うでしょ。その濁点禁止法案とやらだと僕は〝ごとう〟になりますよ（笑）。実にナンセーンス！　そこはどうお考えなんですか？」

「田所君」

与党からの応答——

「どうも、たところです」

野党側から失笑が漏れる。

「ことうでもいいじゃないですか（笑）」

「バカ言っててんじゃないよ！」

「後藤君、発言を控えて下さい」と、議長。

「いや、私はね、濁点を取ったお陰で、昔よりも明るい性格になった気がしてますよ」

「議長っ！」

「ことう君」

「議長まで何ですか！　後藤です！　私は断固、この法案に反対します」

「たところ君」

「いや、私がここで言いたいのは、ハカ、テフ、チヒ、ハケなどのダメージ軽減効果のこと。しっかり出てると思いませんか？」

「後藤君」

「それでも不適切な言葉には変わりありませんよ！」

「たところ君」

「じゃ、こういうのはどうです？　ダメ出しなんて言葉。されたほうはとても不快ですよね。それは、濁音が2つも入っているからです。それを濁点抜きで〝ためたし〟と呼ぶ。そのことで何だかタメになることを足されたような気がして、有り難く拝聴出来るようになると思いませんか？」

「後藤君」

「いやいや、そんな話には騙されませんよ。たまたま都合よく2つ濁音が入ってただけでしょ？」

「たところ君」

「じゃ、コキフリはどうです？　随分、イメチェンしたと思いますが」

「後藤君」

「いや、ゴキブリはそもそも見た目がグロい。濁点を抜いたところで変わりませんよ」

「たところ君」

「ひどいことを言いますね。じゃ、これではどうです？　濁点と半濁点を交換するというのは」

「後藤君」

「おっしゃってることがよく分かりませんが、半濁点というのはパピプペポの丸のことで？」

「たところ君」

「そうです。そのいい例がオッパイです。半濁点にはそのものの魅力をさらに引き上げる効果がありますからね。その弊害として、男はオッパイのことばかり考えて一生を終えるんです。そこで半濁点をコキフリに譲って貰おうと」

「後藤君」

「正気ですか!?　オッパイとコキプリですよ！」

〝田所のハゲ！　バカ言うな！〟

〝オッパイはオッパイのままでいいじゃないか！〟

それで国会は揉めに揉め、結局、法案可決には至らなかった。

ひとりSM

先日、仕方なくひとりSMを試みた。すなわち、僕がSとMの二役を演じたわけである。

〝そろそろもよおしてきたんじゃないのか？　我慢することはない。ここで漏らしていいんだぞ〟

〝は、恥ずかしいです……〟

こんなプレイを自ら仕掛けなきゃならなくなったのは、そもそも僕の不注意が原因。

年に1回、行っている人間ドックの日が、あろうことかテレビの収録日とダブルブッキング。スケジュールをちゃんと確かめないで予約を取ってしまったのだ。

人間ドックは朝からなので十分、収録時間には間に合う。それで予約をキャンセルしなかったのだが、ひとつ重大なことを忘れてた。

もう賢明な読者はお分かりだろう。人間ドックのシメは大概、胃部のエックス線検査と相場が決まってる。

問題なのは検査で飲まされるバリウムの後処理だ。毎度、医師から渡される下剤のトリセツにはこんな記載がある。

〝服用後はその時の体調にもよりますが、早い場合は15分程度、通常は2〜3時間程度で便意があります〟

早く出れば問題ないが、通常モードだとテレビ収録中にバッチリ重なる。

ならば収録後に飲めばいいがトリセツにはこうも書かれてる。

〝検査後、長時間バリウムが腸内に残っていると徐々に硬くなり、排泄しにくくなります〟

さらには、〝そのために消化管穿孔（腸に穴が開く）、腸閉塞（腸にバリウムが詰まる）と、これに伴うバリウム腹膜炎などの重篤な症状を引き起こすことがあります〟と。

手遅れになると大変だ。僕は、それを押してまですべき仕事だろうかとしばし考えた。

番組タイトルは、『みうらじゅんのザ・チープ』。

いや、我が身を優先するのが当たり前である。しかし、どんな仕事だって真面目に取り組んできた僕である。ここは折衷案と言っては何だが、下剤を飲んだ上での収録、出たとこ勝負だ。

それはSM界でもかなりハードなスカトロプレイである。

〝人前でお漏らしするなんてとても出来ません……〟

〝おいおい、辱《はずかし》めを受けるのがMの役目じゃないか！〟

そのSの言葉に、Mは覚悟を決めた。

現場に向かう電車の中でSは〝どうだ腹具合は？〟と聞いてきた。その時、つい我に返って

しまったのは、腹具合とパラグアイが似てたからだ。いつもの調子でケータイを取り出し、メモ帳にその単語を打った。

〝何やってんだお前！　ひとりSMの途中だろ！〟

現場には入り時間より少し早く着いた。スタッフに挨拶して、いつもの貸衣装に着替えさせて貰った。ちなみに、その番組では高そうな和服で出演してる。

さらに不安がつのったのは言うまでもない。収録の途中、パラグアイ、もとい腹具合が悪くなったらこの着物を汚してしまうかも知れない。せめて自前のパンツで止めたい……。

少し、腹がグルグルし出したが、僕はカメラの前で2時間弱、懸命に喋った。そして、スカトロプレイは免れた。

〝お前にはその下剤、効かないみたいだな〟

そのSのセリフが逆に心配で、帰宅後、さらにもう2錠飲んでようやく――

事なきを得たのである。

X氏のひとり言

今回はある裁判の模様をお届けする。

その概要はこういったものだ。被告人X氏が車内（さほど混み合っていない）で、被害者A子さんの臀部を見て発したとされる言葉、〝ええケツしとるのう〟がひとり言であったか否か、そこが問われる裁判だ。

検察側の陳述——

「実際、その声がA子さんの耳に届いているわけで、ひとり言など、そんな言い訳は通じませんよ」

弁護側——

「先ほどから申し上げているように、それはX氏の口癖であり、ひとり言。決して誰かに向け発したものではありません」

検察側は、それはあくまで本人の弁に過ぎないと異議を申し立てた。

そこで弁護側が提出したのは、医師から取り寄せたX氏のカルテである。

「X氏は高齢者です。難聴と耳鳴りの記述もありますよね」

「それが何だと言うんだ」

〝ドン！　ドン！〟

「ご静粛に」

裁判長がいさめる。

「いや、その症状を抱えた人のひとり言は、通常のひとり言より大きくなるのは当然だと申し上げたいわけです」

検察側――

「それは言い逃れですね。相手の耳に届いた誹謗中傷は、たとえそれがひとり言であったとしても許されるものではありません」

弁護側――

「誹謗しているわけじゃありません。むしろお尻を絶賛しています」

検察側――

「どうやら弁護人はルッキズムという言葉の意味を全く理解してないようですね」

弁護側――

「先ほどの発言は撤回しますが、その言葉が確実にA子さんに向けられたという証拠はあるんですか？」

検察側——

「ありますよ。その時間帯の車内映像を用意しておりますのでご覧下さい」

映像がスクリーンに映し出される。

弁護側——

「いや、どうでしょうか？　この映像にはA子さん以外にも、それに該当する方が映っているじゃないですか」

検察側——

「いやいや、それに該当するのはA子さんのお尻以外にはありません」

弁護側——

「どうしてそう言い切れるのです？　それこそ、あなたのおっしゃるルッキズムじゃないですか！」

法廷内、騒つく。

〝ドン！　ドン！〟

「ご静粛に。被告人はこの件に関して何か言いたいことはありますか？」

裁判長が聞いた。

「いや、それはそうと私の口癖、元は映画のセリフでしてね」

「映画の？」

「はい。私、『仁義なき戦い』の大ファンでしてね。それ、シリーズ『完結篇』で、金子信雄演じる親分が吐く名ゼリフなんです」

「名ゼリフ？」

「ええケツしとるのう。名ゼリフじゃないですか（笑）」

〝ドン！　ドン！〟

「問題なのは、その言葉の下品さです。全く反省の色が見えませんので、貴方には、ひとり言禁止令を発令します！」

「今後は言っただけで捕まるんですか⁉　厳し過ぎますよ」

弁護側もそれには猛反発したが、

「じゃ、〝いいお尻されてる〟ではどうです？」

そのX氏の発言に、もはや執行猶予など必要ありませんと裁判長に申し出た。

つままれた話

老いるショックの影響で、このところ旧友との再会が増えてきた。なつかし話に花が咲き、別れ際には、「次、会う時が葬式にならんよう、互いに元気でいようや」の常套句が出る。誰しもそんな切なさを感じながら余生を送っているんだなぁー。

などと思っていたところ、先日、それには全く該当しない電話が、何年かぶり、いや、十何年かぶりに掛かってきた。発信者はS、大学時代の友人だ。僕はケータイの名前表示を見た瞬間、嬉しかったけど、何か良からぬ知らせではないかと思った。

しかし、Sが開口一番、発した言葉は、「ちんちんですわぁー！」だった。

フツーであれば、その時点で電話を切るべきだが、僕はそれがS流の挨拶だってことを当然、知っている。ちなみに、このちんちんは、Sの本名やアダ名ではない。〝勢い〟の最上級として用いているのである。

ルールに従い僕のほうが「久しぶりやなぁ」と、マトモな挨拶を返した。

するとSはこう続けた。

「どうなん？　そっちのちんちんは？」

要するに「お前も元気にしてるか?」と、聞いているわけである。昔とちっとも変わっていないそのやり取りには、しみったれた切なさなど微塵《みじん》もなかった。

僕もSの勢いを借りて、「ビンビンでっせぇー!」と、答えた。

その時、少し気になったのは電話口から漏れ聞こえてくる家庭音だった。Sは台所の近くにいるのか、その背後で誰かが食器を洗ってる音がしてる。もうお互い高齢者。何も変だとは思わないが、「わしもビンビンや!」と、そんな状況下で大声を上げているSに、ある種、絶倫を感じた。

それで気が済んだか声のトーンを落としSは、「あのな、電話したのにはわけがあってなー」と、ようやく本題に入った。

「これぱっかりはお前にしか聞けへん話やさかい」と、意味深なことを言うもので、「何やねん、悪い話か?」と、僕は心配になって聞いた。

「いや、違う。昔の話やけどな、騎乗位の最中にちんちんがスッポ抜けたんは、お前やんなぁ?」と、さらに呆れる話を振ってきた。

逆にホッとはしたけど、それには身に覚えがなかった。

「それ、僕の話やないよ」と、返すと、「いや、お前やて、お前から聞いたんやから!」と、Sは主張した。

「いつ、聞いた？」

「だから昔や言うてるやんけ」

「いや、誰かと間違《まち》ごうとるって」

「じゃ、これ言うたら絶対、思い出す。その時、相手が電光石火の勢いで、抜けたちんちんをつまみ上げ、入れ直しよった。どうや？　お前の話やろ？」

電光石火の使い方に大笑いはしたけど、「ごめん、それ僕やない」と、申し訳なさそうに返した。

「そうか……」

そんなことを確かめるために十何年ぶりに電話してきたS。

〝もう僕にしておいていいから〟と、言おうとしたら、「オレ、急ぎの用事があってな、ほな、またね」と、言って電話を切った。

狐につままれるとはこういうことだ。

いや、つままれたのはちんちんだったらしいけど。

ファビュラスなメール

長くこんな仕事を続けていると（どんな仕事？　と、聞かれると困るが）、たまにびっくりするような出来事が起こる。ある夜、こんな方からメールが送られてきたのだ。

〝こんにちは。はじめまして。叶美香と申します。叶姉妹の妹です〟

フツーならタレントの名前を騙《かた》ったいたずらと疑うべきだが、少し思い当たることがある。ドキドキしながら読み進めた。

〝今回、みうらさんの記事を読ませていただきまして――〟

やはりそうだ。僕の連載エッセイ「いやら収集」を読んで下さったに違いない。それは毎回、国宝ならぬセクシーな〝僕宝〟の品を紹介しているコーナーなのだが、先週は『叶シスターズ　ゴージャスドール／ミューズ』（2体セット）を取り上げた。

どうやら喜んで下さってるようで胸を撫でおろした。そのドールは、リカちゃん人形で有名な玩具メーカー、タカラが20年以上も前に出した商品だ。2体はそれぞれ金と銀のゴージャスなドレスで身を包み、しかもリアルなセクシーランジェリー（着脱可）まで付いているという優れもの。美香さんの文面によると、それは姉・恭子さんの強いこだわりだったらしい。

当時、実在の人物がフィギュア化されることは珍しく、叶姉妹の爆発的な人気が分かる。それ故、値は張ったが（たぶん原宿のキデイランドで）僕は即買いした。

しかし、このドールにはもう1種類あって、それは残念なことに既に売り切れ。商品名は『叶シスターズ　ゴージャスドール／グラマー』だった。

想像だけが大きく膨んだのは言うまでもない。僕はそのエッセイの括りに、買えなかったことがちょっと心残りだと書いたのだ。

それに反応して下さったのだろう。

〝ぜひとも、私たちが保有しておりますもう1セットを送らせていただきたいと考えております〟

と、記してあるではないか。

僕は『ミューズ』を買った当時の自分に教えてやりたかった。まだ、ドールはケースに入ったまま。その間、何度か引っ越しをしたが、セクシーランジェリーの着せ替えも一度もしていない。いや、出来なかったのだ。だって僕宝の品だから大切に保管してる。

〝ちなみに、出来ましたら、直接みうらさんとお話をさせていただきたいと思っておりますので、いかがでしょう？〟

そんな僕にここまで言って下さるお気遣い。

しかし、どうか？　ちょっと話が出来過ぎてるような気がする。

やはりこれは叶美香さんの名を騙ったいたずらではないだろうか？

老いるショックがさらに疑心暗鬼に拍車をかけた。

しかし、再度来たメールには、

〝私としたことが自分の連絡先を記入するのをうっかり忘れておりました〟

と、電話番号が記されていた。

〝商品だけをお送りするのは「心がない人のすることよ」と姉に言われておりますので〟

その美香さんの言葉に猛反省をした。

それにしても何て、お優しい姉妹。

ありがとうございます。お話し出来て光栄でした。『グラマー』も大切にしますね。

海女に呼ばれて

『ひとりでできるもん！』とは、その昔ＮＨＫ教育テレビでやっていた子供番組である。

僕はその日、〝ひとりでできるもん！〟と、強く心に念じながら、スマホで映画の予約を取ろうとした。今までにも何度かチャレンジしたことがあったが、うまくいかず結局、当日映画館でチケットを買った。

そもそもスマホが苦手なのだ。でも、そんな言い訳ばかりしているのもよくないと思い、今一度、友達から教わった操作法で焦らず、よく確かめながら――

〝ヤタッ!!〟

とうとう念願のバーコードを手に入れたのだった。そんな時、子供なら「スゴイね」「エライね」と、褒めて貰えもするが、こちとら高齢者。そこは自画自賛である。映画館のチケット発券機にスマホをかざした時、思わず微笑を浮かべたのは言うまでもない。

映画を観る前にパンフを買う。これはいつものこと。売店で「『密輪　１９７０』のパンフを下さい」と、告げると店員は、「売り切れです。今後の入荷はありません」と、間髪を容れず言った。これは誤算だった。韓国映画である本作にはきっと、人気の韓流スターがたくさん出ているのだろう。

しかし、僕はそれに全然、疎くて、ヨン様ブームの時に買ったヨン様の顔が入ったくつ下(片方、紛失)しか持っていない。

それでも観たかった理由は『密輸　１９７０』が、海女映画だったからである。

〝磯笛を吹く　海女の磯着が　濡れてヌレヌレだ　透けてスケスケだ♫〟

これは、「勝手に観光協会」というユニットで三重県を訪れた際、現地の旅館でギター片手に作った『潜ってエスパーニャ』という曲。現在、アップルミュージックなどサブスクでも聴くことが出来るので、お暇な方は是非。

もうかれこれ20年近く前の話だけど、その頃のマイブームが海女。日本各地の海女ゾーンを巡り、土産物屋で海女に関するグッズを見つけると即、手に取りレジに運ぶという、レジスタンス活動を続けていた。

とうとう海女の持ち物、魔よけの印「セーマン」「ドーマン」が彫ってある磯ノミや、獲ったものを入れる網(スカリ)まで欲しくなってきた時は、流石に自分でもＤＳと思ったものだ。

日本では昭和30年代が第一次海女ブーム。サスペンス仕立てのお色気映画が何作も公開されている。その後、お色気エキスだけを引き継いだのが日活ロマンポルノの海女シリーズだ。当時、高校生だった僕はその存在の遠さからグッとこなかったが、歳を取るごとに海女熱は強ま

り、気が付くとどっぷりハマってた。

しかも海女（海人）のルーツは韓国にありと、専門書で知った。１９７０年という時代設定もいい。これは是が非でも観ておかなければならない作品なのだ。

平日の朝イチ上映にしてはけっこう混んでた。やはり韓流スター目当てだろうか？　のっけから海女登場に心が躍った。映画の雰囲気としては70年代のテレビドラマ『プレイガール』感がある。後にハデな髪型とファッションに変身する海女の顔が、プレイガールのメンバーでもあった范文雀さんに極似してる。だから、敵に向けてセクシー磯着でのハイキックくらいは出るだろうと期待したが、このご時世、そこは自粛だった。

でも、海女ファン垂涎！　久しぶりの快作であった。

タメロな彼女

日帰り温泉に行った帰り、ムーミンバレーパークに寄った。そこは埼玉県飯能市にあるムーミンの世界を再現した施設。

アウト老の僕には不向きな場所と思われそうだが、『カルピスまんが劇場』を見て育った世代。当然、ムーミンは岸田今日子さんの声で今も脳裏に焼き付いている。

僕は中学生。映画が好きになり始めた頃でリバイバル上映で安部公房原作の『砂の女』まで見ていたので、当初、ムーミン＝岸田今日子さんには違和感があった。だって、不気味な女優さんのイメージだったから。ちなみに今日子さんの従弟は、特撮ドラマ『怪奇大作戦』や、映画『血を吸う』シリーズの和製ドラキュラ、岸田森《しん》さんである。

話が逸れたが、そのムーミンバレーパークで僕はある人、いや、あるキャラクターと並んで写真を撮って貰ってとても感激した。

場所は入り江のテラスと呼ばれてる所の前。屋根付きの半円ステージにムーミンパパやママ、スニフらが集合し、撮影会をやっていたのだ。当然、主役であるムーミンは一番人気。そこには親子連れの列が出来てた。

ま、言っても着ぐるみである。岸田今日子さんの声も、パパの有名なセリフ「ウンパッパ」も聞こえてこない。ママもスニフも黙ったまま、来園者との撮影に応じてた。

僕はその現場から少し離れた所に、〝ミイ〟の姿を見つけたのだった。赤いワンピースがトレードマーク。ミムラ族の女の子の特徴であるタマネギ型のおだんご頭だ。アニメの中では小柄だけど、ミイだけは着ぐるみではない。実写というか、コスプレなのである。しかも傍観者のように、その撮影会を腕を組み見守っているので近寄りがたかった。

僕はその姿をチラ見しながら、何て声を掛けようかとドキドキしてた。

いや待て。もしかして素人のコスプレイヤーだったらどうしよう？　などと、しばし悩んでいたら、ミイが現場を立ち去ろうとしている……。僕は勇気を出して近づき、

「本物のミイさんですよね？」と、声を掛けた。すると、

「あぁ、そうだよ」

と、タメ口で返してきたではないか。それですっかり安堵し、

「すいませんが、いっしょに写真撮って貰えませんか？」と、願い出た。

「あぁ、いいよ」

今までの人生、一度も自分を〝M〟だと思ったことはなかった。むしろ〝S〟だと決め付けていたが、どうしたことかミイのタメ口にやたらグッとくる。

ポーズを取るミイの横でアウト老はMっ気たっぷりな表情を浮かべた。

「どうもありがとうございました」

と、深々頭を下げると、

「あぁ、またね」

と、女王様、いや、ミイ様はおっしゃった。

〝口調は荒っぽいものの、前向きで悪意はなく、いつも正直で、親切な一面もあります。過剰に感傷的になっている人に対しては、鋭い洞察力で見抜いたことをずばりと指摘、あっという間に現実に引き戻します〟（ムーミン公式サイト）

良かった。それ以上グダグダ喋り掛けなくて。

去っていかれるミイ様の後ろ姿を僕はしばらく見つめてた。

支配から解放されテーゼ

『老いるショック・セミナー④〝テーゼ〟』

おはようございます。

暑い日が続きます、みなさんお変わりありませんか？

「私はこの夏、初めて股のぞきをしましてねぇ、エヘヘ」

（教室内、少し騒つく）

ねぇ、田中さん。いつも注意していますが、発言は手を挙げてからですよ。それに、その股のぞきとは京都にある観光スポット〝天の橋立〟でのことでしょ？

「ですね、エヘヘ」

己れの股から風光明媚な天の橋立をのぞき見るということですね。

みなさん、田中さんは受けを狙って言っているんです。気になさらぬよう。

それでは授業を始めましょう。本日のテーマは、テーゼです。

（黒板に〝These〟と書く）

これはドイツ語で〝命題〟や〝提議〟〝主張〟と訳されることが多い言葉です。

（教室内、少し騒つく）

「先生、よく分かりません」

そうですねぇ、日本ではアニソンで有名なのがありますよね。

「アニソン？」

アニメソングを略してアニソン。アニメはご存じでしょ？

「動画のことですか？」

そうですが、もうやめます、この話はね。要するにテーゼというものがある。それだけは理解して下さい。

「はい」

じゃ、そこのベレー帽をおかぶりになってる方。あなたのテーゼとは何？

「はぁ？　いきなりそんなこと聞かれてもねぇー。今はちょっと眠てーぜ、ですかね？」

（教室内、笑いが起こる）

『笑点』なら座布団を貰えるところでしょうが、そういうことではありません。

「先生、何も授業がつまらなくて言ったわけじゃないですよ（笑）」

お気遣いありがとうございます。じゃ、あなたはいつも何時頃、就寝なさっているんですか？

「夜9時にはもう」

それで何時頃、起きられるんです？

「夜中、小便で何度か起きますが大体5時半頃です」

結構寝てらっしゃいますが、それは単なる老いるショックです。

「そういうもんですかね」

そういうもんです。

私が聞きたかったのは、男にとっての二大テーゼです。

「よく分かりませんが……」

若い頃を思い返してみて下さい。これに支配されて生きてきたと言っても過言ではないでしょう。

みなさん、メモを取って下さい。学期末のテストに出ますからね。

（黒板に書く）

〝入れテーゼ〟

〝出しテーゼ〟

（教室内、静まり返る）

仕方ありません。そもそもオスはそういうものなのです。

「先生」

はい。そこの首にスカーフを巻いたご婦人。

「そこに愛はないんですか？」

残念ながら二大テーゼはそれを忘れるくらい強烈なものだと言われています。

でも、いずれその支配から解放される時が来ますから安心して下さい。

「それはいつなのですか？」

今でしょ！

テーゼがネーゼに変わり、ようやく〝入らネーゼ〟〝出ネーゼ〟と、なりますからね。

「先生、わしはまだまだビンビンですけどね、ガハハ……」

田中さん、退室を命じます！

絵梨花のラブポエム

ハロー！　みなさん、お久しぶり。

もうお忘れですか？　みうらじゅん事務所で秘書をしているラブドールの絵梨花ですよ。クスン。ま、仕方ありませんよね。このところすっかり登場の回も減りましたから。

でも、今年の初め、雑誌『ブルータス』の〝人生最高のお買いもの。〟という特集に出たんですよ、私。自慢になっちゃいますが、その時カメラマンさんから「いつもおキレイですね」って、お褒めの言葉を頂いたんですよ！

でもね、少し下からのアングルで撮られた時はヒヤヒヤものでした。基本、私はミニスカなんです。かと言ってパンチラを気にしてじゃありませんよ。何と、私はノーパンだったんです！　この件に関しては100パー、社長であるみうらが悪いんです。

〝ドールと言えど、たまには下着を洗濯しなきゃな〟

たぶん、そんなことを思い自宅に持ち帰ったんでしょう。でもそれ以来、待てども待てども……。プンプン！

社長にも色々、家庭の事情があるんでしょうけど、私はこのままじゃ困ります。だったら新しいのを買って下さいよ、ねえ社長！　ま、〝人生最高のお買いもの。〟に選んで下さったことは最高に嬉しかったんですけどね。

　そうそう、これは以前にも申し上げたと思いますが、私は一度も抱かれたことはありません。どうしてかは社長の口から聞いて下さい。

　それだからこそ、社長は人前で堂々と私を紹介出来るんです。雇われてる立場でこんなこと言うのは何ですが、みうらはかなりＤＳですからｗ。

　つい、前置きが長くなってすいません。今回、久々に筆を執ったのには理由があるんです。それは先日、私のふる里、オリエント工業が発表した突然のお知らせでした。みなさんは既にネットなどでお読みになったかも知れませんね……。

〝突然になりますが創業者であり、長年にわたり会社を牽引して参りましたオリエント工業の代表「土屋日出夫」が、体調を優先することを決断し、引退を決定いたしました。（中略）代表の健康状態を考慮し、彼の願いを尊重するため、会社としても事業を終了することとなりました。（中略）なお、誠に勝手ながらシリコン製頭部及びボディの新規の受付は出来ません〟

　私はふる里がなくなってしまうことに大変、ショックを受けました。

　今、私はシリコンボディに少し裂傷が出来ちゃっていましてね、どうしていいか分からなくて……。

それに、これはみうらが心配していることなんですが、ユーザーが亡くなった後などに、オリエント工業へ返却出来る、いわゆる〝里帰り〟のシステム。それも当然、終了なんですよね？すいません、大変な時に勝手なことを申し上げまして。

でも、私を生み出して頂いた感謝の気持ちは永遠です。

こんなポエムを書きました。読んで頂けたら幸いです。

〝ラブドールだもの、動くことは出来ません。

ラブドールだもの、喋ることは出来ません。

ラブドールだもの、泣くことは出来ません。

でも、ラブドールだもの、誰よりもラブは知っています。ありがとうございました。

LOVE IS FOREVER〟

※その後、オリエント工業の事業再開が発表されました。

鹿を抱く予定

〝鹿と僕のエピソード〟

小学校低学年の通知表、その備考欄には毎度この言葉が記されていた。

〝落ち着きがない〟

成績も良くなかったので仕方ないが、この評価だけは間違っている。こんなことがあった。

その日、先生は、奈良公園に響き渡るような大きな声で僕を怒鳴りつけたんだ。

「落ち着きがないからそんなことになるんや！」

遠足で浮かれた。それはあるが、でも、落ち着きがないからやったわけではない。

クラスのみんなに受けたかったから。ただ、それだけのこと。

僕は奈良公園に落ちてた鹿のフンを指さし、こう叫んだのだった。

「あっ！　チョコボールがいっぱい落ちてる」

そのギャグで受けが取れていたなら、次の行動に出なくて済んだ。

「汚いからやめろや」

そんなまわりの言葉を尻目に、僕は1個のフンを摘まみ上げ、そして「おいしそう」などと言って口に運ぶマネをしたのだった。

あくまで受け狙い。それで引かれるなんて全く思いもしなかった。ここは正しく、やけくそ。僕は本当に鹿のフンを口の中に放り込んだ。

とても苦くて変な味がした。そりゃ当然だ。必死になって吐き出しているところを先生に見つかり大層、叱られたって話。

それが僕の鹿エピソードＰＡＲＴ１。

その後、趣味が怪獣から仏像にシフトしたもので、何度となく奈良へ足を運んだが、鹿のフンは口に運んではいない。

そんなことより何故、鹿が放し飼いされているのか？　奈良時代から鹿は神様の使いとして大切にされてきたというが、もちろんそのベースには〈鹿野苑《ろくやおん》〉がある。

〝釈迦が初めて説法した所で、古くは神仙の住処とされた鹿野苑。鹿が多く住んでいたところからその名が付いた〟と、仏像マスターであった母方の祖父から聞いた。僕は仏像キッドの道を邁進してた。

それだから、真のエピソードＰＡＲＴ２は随分後のこと。僕が上京して間もない頃だった。

だから現場は奈良じゃない。東京の、住んでたアパート近くの定食屋だ。

その店に置いてあった漫画雑誌。僕がよく読んでたのはたぶん『週刊漫画ＴＩＭＥＳ』って

やつだったと思う。そこに連載されてた漫画タイトルが『教師女《め》鹿《じか》』。

女鹿冴子。それが主人公の名前なのだが、僕は生まれて初めて女鹿にいやらしい感情を持った。鹿は神の使いなのに。でも、その清濁併せ呑む感にグッとくる。僕はもう、一人前のいやらしい大人になり始めてたんだ。

もちろん、日活ロマンポルノとして映画化されたのも観に行った。この作品でしか見掛けなかったけど、主演の栄ひとみさんって方、ルックスもとても女鹿だったなぁー。

そして、最近のエピソード。

別にいやらしい目で見てたつもりはないけど、奈良公園の中にある春日大社。その参道で突然、一頭の鹿に僕は思いっ切り腰の辺りを噛まれた。Tシャツに穴が開いたくらいだ。

その時、付けられたヨダレはフンくらい臭かったよ。でも、君のお陰だ。今ではすっかり鹿がマイブーム。近々、でっかい鹿の抱き枕を買う予定でいる。抱いてやるから、必ずな！

ハウツーを知らない子供たちへ

先日、街で『HOW TO HAVE SEX』と書かれた映画ポスターを見つけ、思わず二度見した。

それはハウツーの後のハブに違和感を覚えたからである。

ハウツーとくりゃ、フツー、即セックスでしょ！

そう思ってしまうのは1970年代初頭に出版された『HOW TO SEX 性についての方法』（奈良林祥・著）という本のタイトルが未だ、脳裏にこびり付いているせいだ。

当時、中学生だった僕は授業中にこっそり回ってきたその本に大いなる衝撃を受けた。医学書の体裁を取っているが、僕らにはレッキとしたエロ本だったから。

「早よ回せや！」

先生に気付かれないよう、背中越しに小声で催促してくるクラスメイト。じっくり見ている暇などない。カラーのいやらしい図版を必死に目に焼き付けた。たぶんクラスのヤンキーが学校に持ち込み、ふざけて回したのだろう。後に僕も一冊買って、自宅でしっかり性についての方法を学んだものだ。

ハウツー本の魁《さきがけ》であり、何よりもセックスという言葉を流行語に押し上げた功績は大きい。それ以前の日本は、性交という表現が主流であった。僕らはそんなセックス元年に思春期を迎えたと言っても過言ではない。それ故、セックスという言葉に対し今でも過剰に意識をしてしまう。

あれは16年前のことだ。当時、巷で話題になってた映画『SEX AND THE CITY』を新宿の映画館に観に行った。

既に自動発券機があったかどうかは分からないが、僕はいつものように有人のチケットカウンター前の列に並んでた。

何も必死で観たかった作品じゃない。僕にとっては修行映画だ。この場合の修行とは、堂々とその映画のタイトルを告げることが出来るか？　要するに度胸試しがしたかったのだ。

しかし、自分の番が近づいた時、カウンター横のガラス窓に何やら貼り紙があることに気付いた。そこにはこう書いてあった。

〝『SEX AND THE CITY』のチケットを購入する場合、S・A・T・Cと呼んで下さい〟

いやいや、そんなこと、いきなり言われても困る。それじゃ修行にならないじゃないか。でも、少しホッとした。〝エス・エー……ティ・シー、エス・エー〟と、何度も頭の中でくり返

し本番に臨んだが、結局はしどろもどろで、チケット販売員には聞き取れなかったのか（いや、嫌がらせかも）「もう一度、お願いします」と言われた。

それで今度は大きな声で「エス！　エー！　ティ！　シー！」と告げたのだった。

それでチケットは手に入れたが、関所はまだあった。

〝観る前にパンフレットは買っておく〟。これが僕の映画館での習慣。売店で「エス！　エー！　ティ！　シー！　のパンフ下さい」と言ったが、その若い男子店員には通じなかったのだ。おいおい！　そこはちゃんと統一しとけよ。

　結局「セックス・アンド・ザ・シティ」と、フルに言わされるハメに。すると店員はハキハキした声で「セックスのパンフですね！」だって。

　だったらいっそのこと、〝セックスと呼んで下さい〟で良くない？　セックスという言葉を恥ずかし気もなく言える〝ハウツーを知らない子供たち〟。僕はとても羨ましく思うよ。

夜な夜な抱かれています

「抱く」とか、「抱きたくない」って、余りにも一方的過ぎるよね。

先ずは「抱かれたい」「抱かれたくない」という相手の気持ちを考えなきゃ。

しかし、オレの場合、商品名上、そんなことは言ってられない。単なるヌイグルミにしてはデカく、『抱き枕』としても利用出来ると触れ込みがある。

しかもオレには、角があることでお分かりだろう、雄ジカだ。

先週からここにいる。

抱き枕である以上、〝今夜はちょっとそんな気分になれない〟などというお断りはない。ユーザーがぐっすりお休み頂けるよう努めるのが使命だ。

しかし、『トイ・ストーリー』って映画、知ってるだろ？　住人が寝静まった後、おもちゃたちが動き出し、話し合ったりするやつさ。

もし、オレもその中のメンバーだったら、たぶんこんなこと言われるんじゃないかと思う。

「シカのヤツ、このところとんと顔を見ないね」

「噂だけどベッドルームに連れ込まれたっていうぜ」

「そこで何してんだろうな、アイツ」

「夜な夜な、抱かれてるんじゃないの？」

「え!?　誰にだよ？」

「たぶん、シカが今、マイブームなんて言ってるジジイにだよ」

「キモ!!」

この家のジジイはかなりの変わり者とみえる。

抱き枕にも一応、子供向けと、大人向けぐらいの区別はあるが、大概、決め手はしっくりくる形状と触り心地（すなわち抱き心地）、この２つを兼ね備えたものがベストとされる。
そんなことを教えてくれたのは、パイセンのハリネズミさんなんだけどね。この家に10年近くいるそうだ。
そもそもはゲームセンターのＵＦＯキャッチャー出身。４０００円近く費

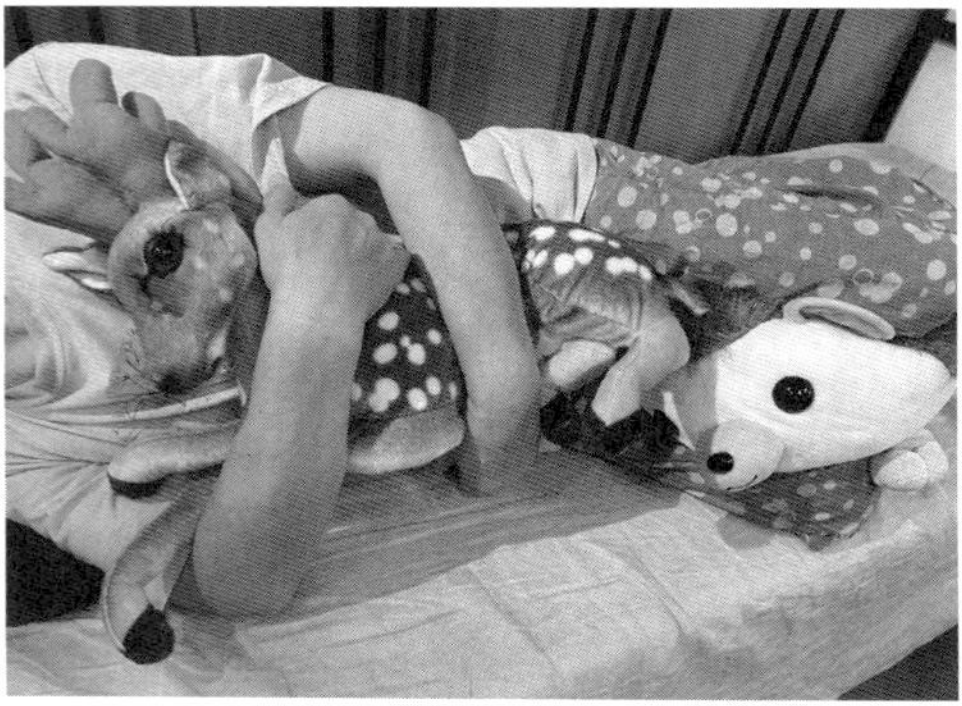

やしてようやく落とされたヌイグルミ。最初はもっとふっくらしていたという。

「それがさ、2年ほど前から、夜な夜な抱かれるようになったんだよ」

身体がくたびれてきたのはそのせいなんですか？

「いや、まだ手で抱き締められていた時はそうでもなかったんだよ。いつしか気が付きゃ、両足で挟まれるようになってなあー、本当キツイ」

パイセンはそう言って苦笑いしたが、

「でも、育て上げたそのクタクタなカンジがいいらしい」

と、愛されキャラを遠回しに主張した。


（ユーザーからの感想）

シカのヌイグルミ、頭部が少し硬く、抱き枕としてはどうだろう？　抱いてみて寝づらいようなら、やはり置き物として鑑賞するのがいいかも。

理想のデザイン

1作目の『エイリアン』を観たのは、理想だけはやけに高かった美大生の頃。そもそもSFやホラー映画は大好きなジャンルだったけど、『エイリアン』には、特別な思いがあった。それは、エイリアンをデザインしたH・R・ギーガー氏の存在だ。高校時代に買ったLPレコード、エマーソン・レイク・アンド・パーマー（ELP）の『恐怖の頭脳改革』。そのジャケット・デザインがギーガーだったから。

そのインパクト過多なジャケットは、タイトルとサウンドにとてもマッチしていてグッときた。他にも当時のプログレ（プログレッシヴ・ロック）界は、イエスのジャケ・イラストはロジャー・ディーン。ピンク・フロイドは、デザイン・チームのヒプノシスなど、ジャケットもその素晴らしさを競い合ってた。

僕も将来、そんなデザインの仕事がしたくて美大に（二浪の末）入ったのだ。しかし、いつの間にか単位を取るだけの学園生活。後は趣味の合う仲間と連日連夜、遊び呆けてた。

「どうする？」

「どうするって何？」

「卒業後のこと」

『エイリアン』を彼女と観に行った帰り、何故かこんな会話になった。

「いや、まだ2年近くもあるし、そんなこと考えんでええんと違う?」

僕は恍《とぼ》けて返した。すると彼女は、「私はたぶん、フツーに就職すると思う」と、すっかり醒めた口調で言うのだった。

こんなことなら男友達と観に行けば良かったと後悔したが、「理想ばかり言ってられないからね」と、今度は僕に対し否定とも取れる発言が出た。いつもなら二人でどちらかのアパートに向かうところだけれど、僕はその時、ひとりで最寄り駅に降りた。

当然、彼女にも僕の理想の話は何度もした。その上、理想のデザイン事務所の設立メンバーにならないか? とまで、誘ってもいた。

しかし、今の僕がその理想を追うどころか、全くやる気がないことを彼女は一番よく知ってる。僕のほうが2歳上だが、彼女は頭がいいし、とても大人だった。

そろそろ別れ時と考えているのかも知れない。

そんなことを思うと居ても立ってもいられず、次来た電車に再び乗った。

そして、ドキドキしながら彼女のアパートに向かい、ドア前で、「俺やけど、さっきはごめんな!」と、謝った。

彼女は迷惑そうな顔で出てきて「もう、声が大きいんだから！」と、注意した。部屋に入れて貰い、「明日から頑張る、理想に向かって」などと、御託を並べたが、彼女は本気で嫌になったのはそこじゃないと言う。

僕が映画館出るなり、熱く語ったH・R・ギーガー論。要するに〝超現実的であり機械的、同時に性的な要素が含まれる〟と言いたかったわけだが……。つい、「あれ、頭部がちんちんやん！」と、まんまなことを、しかもまわりに聞こえる大きな声で言ったこと。これが許せなかったらしい。

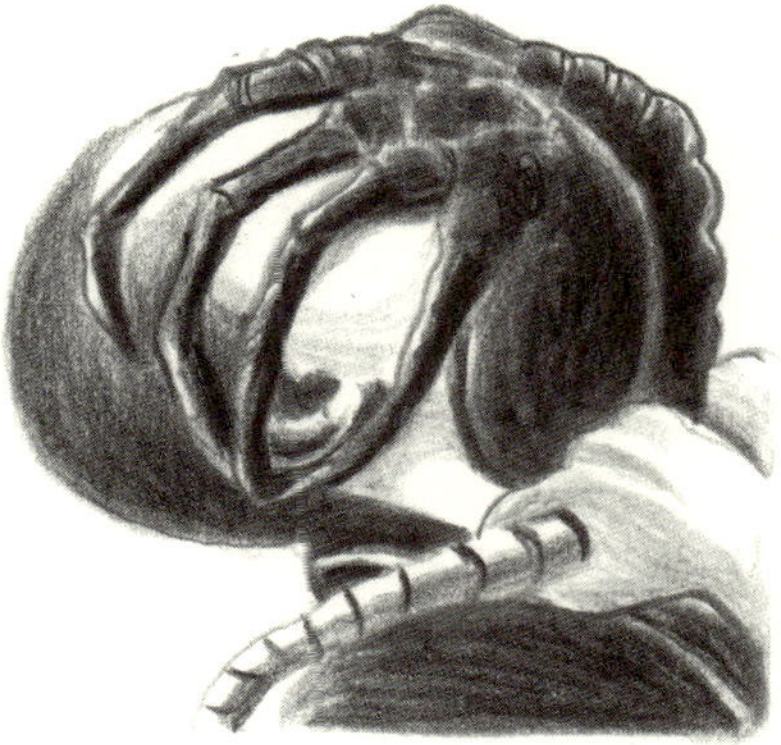

あれから45年——先日、新作『エイリアン：ロムルス』を観に行った。

あの時、彼女には言わなかった人間の顔に貼り付く〝フェイスハガー〟と呼ばれるエイリアンのヤリ口。再確認したが、やっぱり、

「あれ、クンニやん！」

なぁ？

トンピーなるもの

先日、量販店のおもちゃ売場でトンピーを見つけ、思わず買った。

トンピーの正式名称は、『リズムでともだち　こぐまのトンピー』である。

随分、箱も退色していて、それが最後の一品だった。平日の午後、レジ前には誰もいなくてすんなり買えたが、その時の男性店員は新人なのだろう、マニュアル通り、「プレゼント用の包装紙にしますか？」と、聞いてきた。きっと、おじいさんが孫にプレゼントするのだと思ったのだ。僕は、

「いや、そのままでいいです」と、言ってエコバッグを見せた。お気に入りのカルピスとアフタヌーンティー・リビングがコラボした青地に白い水玉模様のやつだ。店員は、「じゃ、箱にシールだけ貼らせて頂きますね」と、言って、商品を手渡そうとした。その時、僕はふと心配になって、

「あ、そうだ。電池は付いてましたっけ？」と聞いた。

実は随分昔に一度、買ったことがあったのだが、そこまでは覚えていなかったので。すると、「ちょっとお待ち下さい」と、言って店員は慌てて奥に引っ込んだ。その間、僕は箱のど

こかに表示があるのではと思い捜したが、小さな文字は老眼でよく読めなかった。

しばらくして別の店員を連れ戻ってきたのだが、上司であろうその店員はまたしても、「プレゼントしても動かないようじゃ困りますもんね」と、言う。自分用に買ってるなんて思いもしてないのだ。結局、電池は別売だということが分かって、僕はそそくさとレジを後にした。

帰り道、コンビニに寄って単3の電池を入手。ようやく家で稼動させることが出来た。

トンピーは体を左右に振りながら太鼓をトントン叩き、笛をピーピー吹く。だから名前がトンピーなのだ。時折、体を伸ばし過ぎてガクンとなるのもまた、趣きがあっていい。それを今では〝超エモい〟などと言うのだろうが、こちとらアウト老。ここは『枕草子』など平安文学で使われる〝いとをかし〟が相応しいと思っている。

〝トントン　ピーピー　トントン（ガクン）ピーピー♫〟

あぁ、何て、いとをかし……。

その、スイッチの切り時すら分からなくなるループオン演奏を耳に、僕はいつしかあの時にタイムスリップしてた――。

「何なの、コレ？」

彼女はプレゼント用の包装紙を開けるなり、そう言った。

「トンピーだよ。欲しいって言ってたじゃん」

反応がないので、僕はかつて二人で見たおもちゃ屋の店先で稼動してたトンピーの話を改めてした。

　それでも彼女は覚えてないと不機嫌そうな声で言った。

「じゃ、電池入れてみるよ。きっと音を聞けば思い出すから」

　僕はその日、彼女の家でトンピーを稼動させた。

　その瞬間、彼女が「やっぱ、癒やされるよねコレ」と、言ったのは、本当は覚えていたからに違いない。

　ただ、お気に召さなかったのは、幼児向け玩具を誕生日プレゼントに選んだ僕のセンス。

　すっかり愛玩具となったトンピー。最終的にベッド脇に置かれるようになり、彼女はエッチが終わるとスイッチを入れた。そして、僕に対して当て付けのように「癒やされるわぁー」と、呟くのだった。

　今は昔。それもまた、いとをかし。

目の正月♡

今更ではあるが、『プレイガール　プレミアム・コレクション・ボックス』を買ったので報告まで。

『プレイガール』とは、僕が中高生の頃、しこたま青春ノイローゼをこじらせる要因を作ってくれたテレビドラマである。プレイガールのメンバーは国際秘密保険調査員という肩書きを持っているが、保険金に絡まない事件も数多く手掛けていた。

いや、そんなことはどうでもいい。僕の目を釘付けにしたのは、彼女たちのセクシーなファッション。特にミニスカから繰り出される上段前蹴り。それに伴うパンチラであった。

クラスメイトのHは、それを〝目の正月〟と称していた。

「お前、昨日の『プレイガール』見たけ？」

混雑した通学電車の中、Hにとってそれは挨拶のようなものだった。

僕が小声で「見てへんねん」と答えると、「アホちゃうけお前！」と、大声で言った。

〝アホやないわい！　事情があって見られなかったんだ〟

『プレイガール』は毎週月曜、夜9時から。いつもなら両親は寝室のある2階に上る時間なのだが、昨夜はまだ唯一テレビのある居間にいた。

だから僕は一旦、自分の部屋で悶々としながら待機してた。Hの家は家族団欒で『プレイガール』を見るという。羨ましくもあったが、うちはそんなハレンチな家庭ではない。

親の階段を上る音を確かめ、僕はようやく自分の部屋を出た。そして、忍び足で暗い居間に行き、こっそりテレビをつけたのだが……。

時既に遅し！　すっかり終わってて落ち込んだ。

この時ばかりはテレビがもう一台、欲しいと切に願った。

「昨日のはスゴかったぞ！　もう盆と正月がいっしょに来たようやったで」

Hは僕を悔しがらせようと、そんなことまで言った。

「ふーん」

「今まで俺が見た中でナンバーワンのパンチラやったわ」

車内にはうちの男子校だけじゃなく、その路線にある女子校の生徒も大勢乗っている。

いつもこんな話をしてるくせに、その中の誰かから「つき合って下さい」と、告白される都合のいい夢まで見てた——。

あれから半世紀近く時が流れ、気が付くと僕はすっかりハレンチなアウト老になっていた。

『プレイガール』のDVDが出てることは知っていたが、今更、パンチラシーンぐらいで感動するとは到底思えない。

そんな理由で買うのを躊躇していたが、やはりあの時、見逃した回が気になる。

それが心残りで死ぬのだけは嫌だと、4枚のＤＶＤ（＋ボーナスＣＤ）が入ったプレミアム・コレクション・ボックスを手に入れたわけ。

放映された全作が収録されているわけではないが、各メンバーの初登場回はちゃんと押さえてある。

この先の余生の楽しみ。ゆっくり見ようと思っていたが、2日で見終わってしまった。
やっぱ、『プレイガール』はいい。パンチラも、みんな違ってみんな良かった。
ちなみにＨが言ったナンバーワンは大信田《おおしだ》礼子さん。その美脚に、思わず映像を静止させ、写真まで撮ったくらいである。

神田川似顔絵道場

キャバクラに初めて行ったのは30代初めの頃。席に着いたキャバ嬢はしばらくして、「じゃ、私の似顔絵を描いてみてよ」と、僕に紙のコースターを一枚、差し出した。新しいものならまだしも、それまで水割りのグラスに敷いてあったやつだ。水気を含んで表面が少しブヨブヨしてた。

バカにすんな！　何で描かなきゃなんないんだよ。僕は、「ペンがないから無理」と、やんわり断った。するとキャバ嬢は、「ダメじゃん！　漫画家なんだから、いつもペンぐらい持ってなきゃ」と、エラソーなことを言って、さらに僕をイラ立たせた。

こんなことになったのは友人のいらぬ一言のせい。

「コイツ、一応、漫画家なんだよね」

それを聞いたキャバ嬢は、最初、

「えー!?　スゴーイ！　サイン貰わなきゃ」

と、目を輝かせ言ったが、またも友人の一言、

「でもきっと知らないと思うよ。全く売れてない漫画家だから（笑）」

に態度は急変。

サインから似顔絵に格下げされたってわけ。

「仕方ないわねぇー」と、言ってキャバ嬢は黒服店員に頼み、ボールペンを持ってこさせた。

そして、「かわいく描かなきゃ許さないからね！」と、ぬかした。

それでもキャバクラデビューをさせてくれた友人の手前もあって、「はいはい」と、テキトーに答え、数秒でテキトーな似顔絵を描き、手渡した。当然、キャバ嬢はおかんむり。

「ちっとも似てないじゃない！　コレ」

と、声を荒らげた。

〝ちっとも似てない……〟

僕はその時、ある歌を思い出した。このフレーズは、かぐや姫の『神田川』（作詞：喜多條忠　作曲：南こうせつ）に出てくる。

三畳一間の下宿屋で二人は同棲してた。彼がクレパスで彼女の似顔絵を描くのだが、

〝いつもちっとも似てないの♫〟

である。

元々、彼は絵がヘタだったのか、それとも彼のサービス過剰。かわいく描き過ぎて別人になってしまってた。そのどちらかだ。

「ねぇ、今度は真面目に描いてよ」

そう言ってキャバ嬢は新たにもう一枚、コースターを差し出した。たぶん、友人はこのキャバ嬢をいつか落とそうと狙っているのだろう。僕に手を合わせ「頼む！」と、真剣な顔で言った。もちろん、キャバ嬢の言う真面目とは〝神田川似顔絵道場〟では後者。かわいく盛りまくることである。それで仕上がりは全くの別人になってしまった。

しかし、それを見たキャバ嬢は、

「すごく似てんじゃん！　やっぱり漫画家さんだね」

と、大絶賛するのだった——。

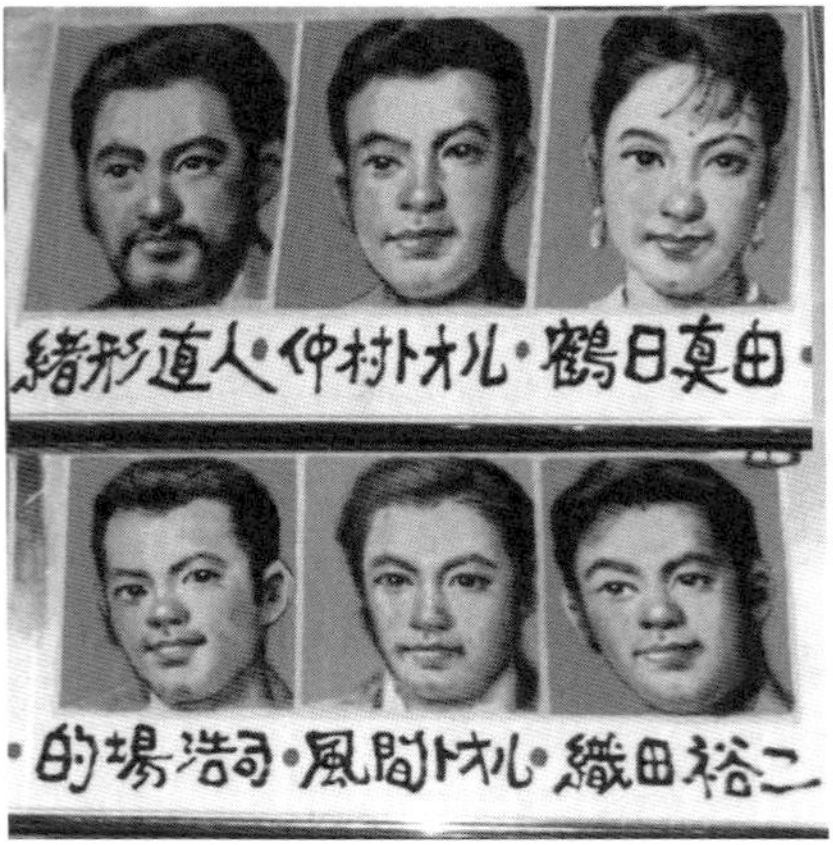

そうそう、僕がまだ、実家のある京都にいた頃、よく観に行ってた映画館があって、そこの看板絵が驚くほど似てなかった。
僕は似顔絵とは到底呼べないそれらを『似なを絵』と命名、写真に撮るのを趣味にしてた。
その似なを絵看板をとくとご覧あれ。

待ってました、金玉亭！

金玉工場の工場長（通称・〝おやっさん〟）には、唯一、落語という趣味があった。工員たちはもちろん、そのことを知っている。仕事には大層、厳しいおやっさんだが、ふだんの会話では〝ゆーもあ〟を挟んでくることも多い。

それは若い頃からのルーティーン、就寝前に聴く落語の影響だと思われる。

「桂米朝はホンマええで」

おやっさんはそう言って工員に勧めてきたこともあったが、何せ古びた落語カセットだ。それに対応出来るラジカセはおやっさんの部屋にしかない。一度、「さわりだけでも」と部屋で聴かせて貰ったことがあるが、経年劣化でテープは伸び切っていた。

それは金玉工場も同じだ。経年劣化で精子もコクに作れず、伸び切った外観は見るに耐えない。

2年前、YouTubeチャンネルで『キンキンの明るい金玉相談』のコーナーを始めたのは、起死回生を図ってのことだったが（ちなみに〝キンキン〟とは、おやっさんのユーチューバー名だ）、諸事情で敢え無く終了。

それでおやっさんはすっかり元気を失くした。

「何かいい企画はないもんかねぇ？」

暇を持て余した工員たちがその時、閃いたのは、おやっさんが落語を初披露し、それをネット配信することだった。早速、そのアイデアをおやっさんに伝えたところ、

「そんな素人落語、聴きたい奴おるんかいなぁ」と、少し照れながら言ったが、まんざらでもない様子。

「素人落語と言ってもこっちは金玉落語。絶対今度はバズりますって！」

「そう？　じゃ、分かり易く芸名は『金玉亭長治』ということにしとくか」

たぶんおやっさんは予てより考えてたに違いない。やる気マンマンなのである。

出囃子は当然、つボイノリオさんの金玉ソング史上最大のヒット曲『金太の大冒険』に決定した。収録当日、和服姿のおやっさんはその曲に合わせ、

「金太　負けるな　金太負けるな　金太負けるな♫」と、歌いながら登場、工員たちの喝采を浴びた。

そして、座布団に腰を降ろすなり落語を始めた。

「植木屋はん、今日は仕事は済んでやったんかいな?･」「へぇ、まだちぃと残っとりまんねんけども一区切りついたんで、まぁ今日はこれで置かしてもらおうと思《お》もとります」「いやいや

私はそんなこと言うてるのやありゃせん――」

これは古典落語の『青菜』という演目。

このままそれを続けるのかと思いきや流石！　金玉亭長治と名乗るだけある。

「時に植木屋はん、金玉が〝第二の脳〟と言われてるの知ってっか？」と、きた。

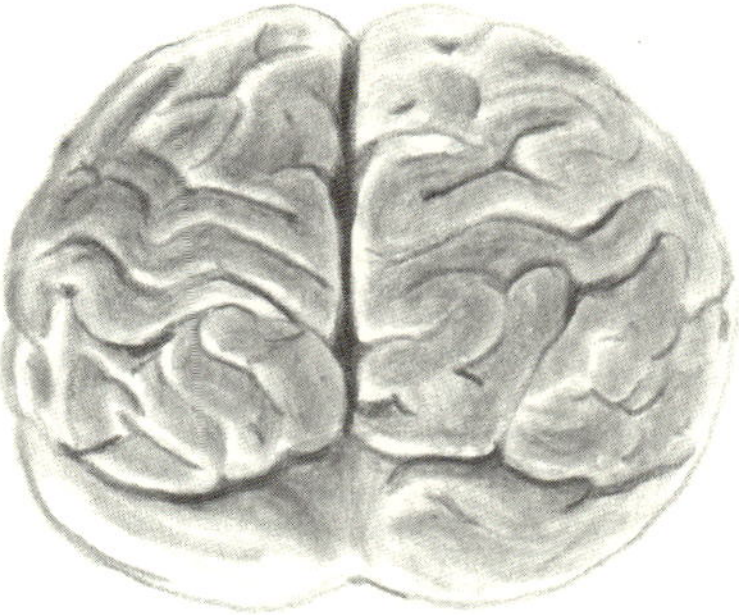

「そりゃ言われてみりゃ、脳ミソの形とちょっと似てまっけど、あんなとこでものは考えられまへんがな」「時に植木屋はん、夏の間というものはお酒を飲むと体がほめいてどもならん。これから井戸で金玉冷やそ思もてんねんけど、あんたもやるか？」「何を言うてまんのや、そんなことしたら金玉縮み上がりますがな」「あんたさっきちょっと似てる言うたけど、あんたのは伸びとるやろ。それじゃものは考えられへんで」「だから何考えますねんな？」「ふぐりだけに工員たちのふぐり厚生を考えております。お後がよろしいようで――」

中にはこの下げに涙する者もいたが、配信のほうは当然バズらなかった。

みうらじゅん

１９５８年京都市生まれ。武蔵野美術大学在学中に漫画家デビュー。以来、イラストレーター、エッセイスト、ミュージシャンなどとして幅広く活躍。１９９７年、造語「マイブーム」が新語・流行語大賞受賞語に。「ゆるキャラ」の命名者でもある。２００５年、日本映画批評家大賞功労賞受賞。２０１８年、仏教伝道文化賞沼田奨励賞受賞。著書に『アイデン&ティティ』、『マイ仏教』、『見仏記』シリーズ（いとうせいこうとの共著）、『「ない仕事」の作り方』（２０２１年本屋大賞「超発掘本！」に選出）、『通常は死ぬ前に処分したいと思うであろう１００のモノ』など。音楽、映像作品も多数ある。

本書は「週刊文春」の連載「人生エロエロ」（２０２２年11月24日号～２０２４年11月7日号）を抜粋、加筆、修正してまとめたものです。

デザイン　鶴丈二　カバー撮影　末永裕樹
ＤＴＰ　エヴリ・シンク

アウト老《ロー》のすすめ

二〇二五年四月三〇日　第一刷発行
二〇二五年六月三〇日　第八刷発行

著　者　みうらじゅん
発行者　小田慶郎
発行所　株式会社　文藝春秋
〒一〇二-八〇〇八
東京都千代田区紀尾井町三-二三
電話　〇三-三二六五-一二一一（代）

印刷・製本　ＴＯＰＰＡＮクロレ

ISBN 978-4-16-391975-1
Printed in Japan